村上春樹 翻訳ライブラリー

ウルトラマリン

レイモンド・カーヴァー
村上春樹 訳

JN288424

中央公論新社

ウルトラマリン　目次

I

II

III

IV

ウルトラマリン

テス・ギャラガー

流離にも飽いて、彼らは今や望郷の念に焦がれる。彼らの目は
群青《ウルトラマリン》の、一番星が穿った暗闇に向けられた。
暗い寄せくる波に映し出された暗闇に。

——デレク・マーン「ゲイブリエル山」
『南極大陸』（一九八五年　ギャラリー・プレス刊）より

I

今朝

今朝はまったく見事な朝だった。地面には少し
雪が残っていた。クリアな青い空に太陽が
浮かんで、海はどこまでもブルー、そしてまた
ブルー・グリーン。
さざ波ひとつなく、穏やか。服を着替えて
散歩に出た――自然のさしだすものを
しっかりと受け取らずにはおくものかと。
身をかがめるように曲がった、古木のそばを通った。
あちこちの岩陰に雪が吹き溜まった
野原を横切った。断崖まで
歩いていった。
そこで僕は海を、空を、はるか眼下の白い砂浜の上に
輪を描いているかもめたちを、じっと

見つめた。すべてがすばらしい。すべてが、混じりけのない
ひやりとした光を浴びている。でもいつものように、僕のあたまは
ふらふらどこかにさまよっていこうとした。僕は
今、目の前にあるものだけを見るように、
それ以外のものを見ないように、気を引き締めなくては
ならなかった。自分にこう言い聞かせた。
大事なのはこれなんだ、ほかのことは忘れろと（そして事実
ひとしきりそれを見ていたのだ！）。そのひとしきりのあいだ、
日常のあまたの雑念は、僕のあたまから放逐された。何が
正しくて何が間違っているか――責務、
美しい追憶、死についての思い、別れた妻を
どうしよう。そんなものみんなどこかに
消えてしまえばいいのにと、今朝願っていたことすべて。
毎日まいにち、僕が抱え込んできたあれこれ。生きていく
ために、踏みつけにしてきたあれこれ。
でもそのひとしきりのあいだ、僕は自分のことも、ほかの

いろんなことも、きれいさっぱり忘れた。完全に。
その証拠に、ふり返ったとき、自分がどこに
いるのか、わからなかった。何羽かの鳥たちが、
こぶだらけの木からさっと飛びたち、僕が行かなくては
ならない方向にむかって行く、そのときまで。

This Morning

絵を描くのに必要なもの

ルノワールの手紙より

パレット
鉛白《フレーク・ホワイト》
クローム・イエロー
ネイプルズ・イエロー
黄土《イエロー・オーカー》
黄色焦げ茶《ロー・アンバー》
ヴェネチアン・レッド
フレンチ・ヴァーミリオン
深紅《マダー・レイキ》

バラ茜《ローズ・マダー》
コバルト・ブルー
ウルトラマリン・ブルー
エメラルド・グリーン
アイヴォリー・ブラック
黄褐色《ロー・シエナ》
ヴィリジアン・グリーン
白鉛《ホワイト・レッド》

忘れてはいけないもの

パレット・ナイフ
スクレイピング・ナイフ
テレピン油

絵筆?
先の尖ったテンの毛の絵筆
扁平な豚の毛の絵筆

キャンヴァス以外のことすべてに対する無関心。
機関車みたいに働く能力。
鉄の意志。

What You Need For Painting

18

ある午後のこと

海も見ずに、ものを書いているとき、
ペンの先が細かく震え始めるのを、彼は感じた。
小石だらけの浜辺を潮が引きつつあった。
でもそれじゃない。いや、
それはちょうどそのときを選んで、彼女が
何も身にまとわずに部屋にはいってきたせいだ。
寝ぼけまなこで、少しのあいだ今自分がどこにいるのかも、
わかってない。額に落ちた髪を、振って払う。
目を閉じてトイレットに座り、
下を向く。両脚を開く。彼は戸口ごしに彼女の
姿を見ている。たぶん
その朝に起こったことを、彼女は思い出しているのだ。
というのは、少ししてから彼女は片目を開けて、彼を見るから。

そしてやさしく微笑むから。

循環

そこでようやく、すべてが集められる。
——ルイーズ・ボーガン

身に痛みを覚えて、目をさました
ときには、もう、月の光が部屋に
あふれていた。僕の腕は麻痺していた。
君の背中を、古い錨みたいに支えて
いたのだ。あとで聞いたことだが、君は
夢を見ていた。ダンス・パーティーに時間より早く
着いた夢だ。少し慌てたけれど、でも
心配することはなかった。というのは、実は
それはただの店頭バーゲンだった
から。だから君のはいていた靴で（それとも

はいていなかったんだっけ）問題ない。

「助けてくれ」と僕は言った。そして腕をひっぱり出そうとした。でもどうしても抜けない。痛くて、持ち上がってくれない。「どうしたのよ？何があったの？」と君に言われてもまだ、そいつはただぐったりしたまま——恐怖にも驚愕にも、まったく動じるところがない。

僕らはその腕に向かって怒鳴る。でも返答がないので、だんだん不安になってきた。「こいつ、寝ちまったんだな」と僕は言った。そしてなんて馬鹿なことを言うんだろうと、言ったそばから思った。でも

笑うこともできない。なんとか二人で、それを持ち上げた。こんなの自分の腕じゃないよな、——なんとか蘇生させるべく僕らがそれを叩いたり、揉んだり、つついたりしているあいだ、ずっとそう思っていた。僕らは

ちくちくが去るまで、そいつをずっと振っていた。

二言三言、僕らは言葉を交わしたのだが、
何を言ったか覚えてない。それはとにかく
愛し合っているもの同士が、そんな時刻に
そんな奇妙な状況で、互いを励ますべく口にする
種類のことだった。でも君がこう言ったのは
覚えている。ずいぶんこの部屋明るいのね。だって
あなたの目の下のくままで見えるもの、と。
あなたはもっとしっかり眠らなくちゃと君は言って、
僕はそれに同意した。順番にバスルームに
行って、ベッドに戻り、
めいめいの側に横になった。
布団を首まで引っ張りあげた。「おやすみ」と
君は言った。今晩二回目の「おやすみ」だ。
それから君は眠りに落ちた。おそらく

さっきの夢の中に、あるいは別の夢の中に。
僕は夜明けまで目を覚ましていた。両方の
腕をしっかりと胸の上に組んで。
ときどき指をごそごそと動かしてみた。
そのあいだ僕の思いはあちこち
ぐるぐると回っていたが、戻っていく
ところは、いつだって最初の場所だ。
逃れることができない。そのひとつの事実——
こうして、与えられた今の旅を続けながら、
僕らがなさなくてはならないもっとずっと変てこなべつの旅が、
そこにはまだあるのだ、ということ。

Circulation

蜘蛛の巣

何分か前、僕は家のヴェランダに出た。そこから僕は、海を、長い間に僕の身に起こった一切を、見たり聞いたりすることができた。暑くて、しんとしていた。潮は引いていた。鳥の歌も聞こえない。手すりから身を乗り出すと、額に蜘蛛の巣が触れた。
髪にくっついた。僕が回れ右をして家の中に入ったからといって、誰に責められよう？　風もない。海は鏡のようだ。僕はスタンドの傘に、蜘蛛の巣をかけた。僕の吐く息にあわせて、それが時折はたはたと揺れるのを見ていた。ほんとうに細かい糸だ。精妙そのもの。時を経ずして、誰に気取られることもなく、僕はここから消えてしまうんだな。

The Cobweb

バルサ材

父さんはレンジに向かって、脳味噌と卵を、
フライパンでいためている。でも今朝は、食欲のある
人間なんていない。僕はバルサ材みたいに
やわになった感じがする。なにかが言われたばかり。
母さんがそれを言ったのだ。いったいなんて言ったっけ？　なにか、
お金に関したことだったな。食べていなければ、僕も一枚そこに
加わるところだ。父さんはレンジに背をむける。
「俺はもう、穴のなかにいるんだ。これ以上深く掘らないでくれ」
窓から光がこぼれてくる。誰かが泣いている。
僕が最後におぼえているのは、脳味噌と卵が
焦げているにおいだ。その朝のすべてのものが
ごみ箱に放りこまれ、なにやかやとごたまぜに
なってしまう。すこしあとで父さんと僕は、

十マイルはなれたごみ捨て場に車でいく。

僕らは黙りこんでいる。僕らは自分たちのごみ袋や空き箱を暗いごみの山に放り投げる。鼠がきいきいと鳴く。

そいつらは口笛を吹くような音をたて、腐った袋から腹をひきずって、這い出てくる。僕らは車に戻って、
煙と火をながめる。エンジンが回っている。

僕の指に、模型飛行機の接着剤のにおいがする。

僕がその指を鼻につけると、父さんは僕を見る。

それからまた向こうを見る。町の方を。

父さんはなにか言いたそうだ。でもなにも言えない。

彼は百万マイルも遠くにいる。僕らはふたりともそこから、はるか遠く離れた場所にいる。誰かはまだ泣いている。そのときすでに、
僕はわかりかけていた。ある場所にいながら、同時にまた、ほかの場所にいる。そんなことも可能なんだと。

投げる

ムラカミ・ハルキに捧げる

我々はお茶をすすった。君の国で僕の本が
好評であった理由などについて礼儀正しく
あれこれと考えを巡らせつつ。そのうちに
苦痛とか屈辱とかについての話になる。あなたの本にはそういうものが
繰り返し繰り返し出てくるでしょうと
君は言う。そこにあるまったくの偶然という
要素。そんな本がどれくらい
売れるものなのか
僕は部屋の隅の方に目をやる。
そしてしばしのあいだ十六歳に戻り
五〇年型ダッヂ・セダンに野郎ども五、六人と一緒に乗りこんで

雪のなかをびゅんびゅんと走っている。僕らの車めがけて
叫び声を上げて雪玉やら小石やら枯枝なんかを
ぶっつけてくる連中に向かって
指一本立てながら。
僕らはカーブを切りつつ、わめきながらそこからおさらば。
それで話は終わるはずだった。
ところが僕の席の窓が三インチ開いていた。
たったの三インチ。捨て台詞に僕は汚い言葉を
どなった。その男がふりかぶって何かを
投げようとするのが見えた。今になって思えば
それが飛んでくるところが目に浮かぶ。ひゅううと
勢いよく宙を飛んでくるその姿が。
十九世紀初めころの兵隊たちが
榴弾がこちらに向かって飛んでくるのを見ながら
恐怖に魅入られて
ぴくりとも動けなかったように。

でも僕はそれを見なかった。そのとき僕はもう
うしろを向いて友達と一緒になってげらげらと笑っていた。
何かが頭のわきにぴしゃっと強くあたって
鼓膜を破き、僕の膝の上に落ちた。無傷のまま。
ぎゅっと固められた氷と雪。
その痛さったら、もう。
その屈辱ったら、もう。
タフな連中の前で涙を流すというのは
まったく惨めだった。連中は口々に
こんな風に叫んだ。おまえ運が悪いぜ、信じられねえなあ、
こんなの万にひとつの確率じゃねえか。
あれを投げた男、自分でもびっくりして
良い気分だったろうな。
みんなにおい凄えじゃねえかって言われて
背中叩かれて。
きっと手の甲をズボンでぬぐって

しばらくまたふざけまわってから
家に帰って晩飯食べたんだろう。大人になって
おきまりの挫折みたいなのがあって
あいつもきっと人生の中にのみこまれて
しまったかな、僕と同じように。
あいつ、あのときのことなんて二度と
思い出さなかったろうな。思い出すわけないさ。
考えなきゃいけないことがこの世の中山とあるんだもの。
雪道をさあああっと滑ってきて
角を曲がって消えていったアホな車のことなんて
誰が覚えているもんか？
我々は部屋の中で礼儀正しくカップを持ち上げる。
しばしのあいだ異物が入りこんでいたこの部屋で。

郵便

机の上に、南フランスにいる息子から来た
絵はがきが一枚。南部《ミディ》と息子は
呼んでいる。青い空。ベゴニアの咲き乱れた
美しい家々。でも息子は素寒貧で、
早く金を送ってくれという。

そのはがきの隣には、娘からの
手紙。スピード狂の亭主が、居間で
オートバイを分解している。
娘とその子供たちは、オートミールだけで
食いつないでいる。お願い、
助けてちょうだい。

それから私の母親からの手紙だ。
病気で、頭がいかれかけている。
わたしは、もうそんなに長くない、と
母はいう。だからこの最後の引っ越しを、
ちょっと面倒見てもらえまいか。私が家を持てる
ように、支払いをしてくれないか。

私は外に出る。墓地まで散歩して、
一息入れるつもりで。
でも空模様はおかしい。
腹いっぱい暗黒をつめこんだ大きな雲が、
今にもぱっくりと割れそう。
まさにそのとき、郵便配達人が玄関先に
姿を現わす。その顔は
爬虫類、めらっと光って蠢いている。
彼の手が後ろにいく——殴りかかるみたいに！

それ、郵便だ。

The Mail

検死解剖室

そのころ僕は若くて、十人分の力があった。
何だってまかせとけ、と思っていた。とはいうものの、僕の夜の
仕事のひとつは、検死官が仕事を終えたあと、
検死解剖室を清掃することだった。しかし連中はそのときどきで、
さっさと早く帰ってしまったり、すごく遅くまで仕事したりした。
そんなわけで、やれやれ、特別あつらえのテーブルの上には、いろんな
ものが出しっぱなしになっていた。小さな赤ん坊は
石みたいに動かず、雪みたいに冷たかった。あるときには
白髪頭の大きな黒人の男、胸がぱっくりと
切り裂かれていた。器官という器官は一切合切、頭の横の皿に
のせられている。ホースの水は流れっぱなしで、
頭上の電気はこうこうとついている。
あるときには脚が一本、女の脚が、

テーブルの上にあった。白い、綺麗なかたちの脚。

それがなんだかすぐわかった。前にも何度か見たことがある。

でもそれは、僕の息を詰まらせた。


僕が夜に家に帰ると、女房は言ったものだ、

「ねえシュガー、何もかもうまくいくって。今に新しい人生がすかっと開けるから」。でもそう簡単にはいかない。彼女は僕の手を、自分の手のあいだにはさんで、じっと握りしめた。僕はそのあいだソファに背をもたせかけ、目を閉じていた。何かを……考えながら。

何を考えていたんだっけ？　でも彼女が僕の手を乳房にもって行くにまかせていた。そこで僕は目を開けて、じっと天井を見た。それとも床を見たんだっけ。それから僕の指は彼女の脚の上をさまよっていった。

温かくかたちのよい脚。ほんのわずかなタッチで、ぴくりと震えて、微かに持ち上がりそうだ。

でも僕の頭は曇っていて、がたがきている。なんにも起こっていない。何もかもが、起こっていく。人生は石だ。研がれて、尖っていく、石だ。

彼らが住んでいた場所

その日、訪れたあらゆる場所で、彼は自分の
過去の中を歩いた。記憶の山を
蹴り進んだ。もう自分のものではない
いくつかの窓をとおして見た。
仕事と貧困と、ごまかし。
それらの日々を、二人は自分の意志によって生きていた。
何にも負けるものかという気概をもって。
何ものにもおれたちを止めることはできない。ずっと
ずっとそうしていくさ。

その夜

モーテルの部屋で、夜明け前に、
彼はカーテンを開けた。雲が月の前に
列をつくっているのが見えた。

窓ガラスに近寄った。冷気が
抜けてきて、彼の心臓に手を置いた。
おれはお前を愛していたんだ、と彼は思った。
ふかく愛していた。
もうお前のことを、愛さなくなるまではな。

記憶（II）

レジのところで彼女は
男の肩に手を置く。いや、一緒には行かない、
彼は首を振る。

彼女は言い張る！　彼は勘定を払う。女は男と
一緒に歩いて彼の大きな車のところまで行く、一目見る、
笑いとばす。男の頬に手をやる。

駐車場に、食料品を抱えた男を
置き去りにする。馬鹿みたいだ。
ほんとに情けない。いまだにツケがまわってくる。

自動車

フロント・ガラスにひびの入った車
ロッドがいかれた車
ブレーキのない車
Uジョイントのいかれた車
ラジエーターに穴のあいた車
僕が桃を摘んだ金で買った車
シリンダー・ブロックにひびの入った車
バックギアのない車
僕が自転車と交換した車
ハンドルがうまく効かない車
ジェネレーターに問題のある車
バックシートのない車
フロントシートの裂けた車

オイルが切れた車
ホースが腐った車
レストランの勘定を払わずに行ってしまう車
丸坊主タイヤの車
ヒーターも曇り取りもない車
フロントエンドが歪んだ車
なかで子供が吐いた車
なかで僕が吐いた車
ウォーターポンプの壊れた車
タイミングギアがぼろぼろになった車
ヘッドガスケットがくたびれた車
道路わきに捨てた車
一酸化炭素の漏れる車
キャブレーターがべとべとの車
犬をはねてそのまま行ってしまった車
マフラーに穴のあいた車

マフラーなんかない車
うちの娘がぶっつけた車
二回リビルトされたエンジンを積んだ車
バッテリーケーブルが腐食した車
不渡りの小切手で買われた車
眠れない夜が続いたころの車
サーモスタットが効かなくなった車
エンジンが火を噴いた車
ヘッドライトのない車
ファンベルトが切れた車
ワイパーの動かない車
誰かにやっちゃった車
トランスミッションに難のある車
僕がさすがにおさらばした車
僕がハンマーでぶっ叩いた車
支払いが追いつかなかった車

それで持っていかれちゃった車
クラッチピンが折れた車
裏の駐車場で待っている車
夢の車
僕の車

The Car

ずれている

最近の若いのが「草《ウィード》」って呼ぶやつだ。それが彼の唇から雲みたいに漂い出る。今夜は誰も来なければいいな、と彼は思う。誰かから助けを求める電話がかかってこなければいい。今夜は、誰の役にも立てそうにないものな。

外では嵐が猛威をふるっている。西からの激しい突風に海は荒れ狂っている。彼が向かっているテーブルは、そう、縦五十センチ、横一メートルくらいの大きさだ。部屋の中の暗闇には、叡智が満ちている。

彼にも冒険小説が書けるかもしれない。あるいは児童読み物なんかも。二人の女性が出てくる芝居、その中の一人は盲目だ。ニジマスはもう河に戻ってくるはずだ。彼が覚えなくてはならないのは、毛針《フライ》の結び方。生き残っている家族のひとりひとりに、もっと多くの金を送るべきなのかもしれない。今でもすでに、毎月始めの幾ばくかの送金をあてにしている連中に。来る手紙来る手紙、お金が足りなくて困っているという内容のものばかり。一人一人指を折って勘定してみる。家族は全員なんとか生き残っている。見ず知らずの人の夢の中で思い出してもらった方がましじゃないか。これならむしろ、

彼は雨がぱたぱたと叩きつける天窓を見上げる。少しあとで（どれくらいあとなのかわからないが）、彼の目は閉じてもらいたがっている。彼は目を閉じる。

でも雨はまだ叩きつけている。これは集中豪雨なのかな？　何か手を打つ必要があるのかな？　しっかりと家の戸締まりをするとか。ボー叔父さんはルビー叔母さんと四十七年も一緒に暮らした。それから首をつった。

彼はまた目を開く。まるでつじつまがあわない。

すべてのつじつまはあう。嵐はあとどれくらい続くのだろう？

（訳注）「草《ウィード》」はマリファナのこと。

サンフランシスコのユニオン・ストリート、一九七五年の夏

その当時僕らはあちこち遊び歩いていた。でもその日曜日の午後は、おとなしく家にいて、テーブルを囲み、酒を飲み、みんなで馬鹿話をしていた。パーティーは一年前の金曜日の午後から断続的にずっと続いていた。やがてガイの女房が、アパートの前まで恋人に車で送りとどけられ、二階にあがってきた。

その日はガイの誕生日、というか、とにかくその前後だった。もうかれこれ、一週間くらい二人は顔を合わせていなかった。彼女はぱりっとした服を着ている。彼は女房をおざなりに抱いて、酒を作ってやった。テーブルの前に彼女のための席をあけた。みんな彼女に挨拶する。元気？とかなんとか。でも彼女はそんなもの黙殺する。

ふん、このアル中連中が。間違いなく彼女はムカムカしていて、

いつものようにひとりだけ場から浮いている。
いったいあんたずっとどこにいたのよ、と彼女はガイに尋ねる。
ちゃんと言いなさいよ。彼女は酒を飲み、脳に損傷を受けた相手を
見るように、夫を見る。彼女はガイの顎の上のできものをひとつ
目に留める。それは内側に向かってのびた毛なのだが、膿がたまっていて、
おぞましい。見るからにぞっとする。みんなの
前で彼女は言う、「最近はどこの女とつきあっていた
わけ?」。彼のできものをじっときつい目で睨みながら。
僕も酔っぱらっていたから、彼がどう答えたのか思い出せない。
たぶんこんなことを言ったかな、「さあ誰だっけなあ、
名前はきかなかったから」とか、そんな気の利いた答え。
ところでこの女房の口の脇には、水泡のある発疹みたいなのが
できている。あるいは口辺疱疹なのかもしれない。
だから喋ったりしないほうがいいのに。ほどなく、
これはいつものことなのだが、二人は手を取り合って、みんなと同じように、
つまらないこと、どうでもいいようなことに大笑いするようになった。

　　　　　　そのあと、居間で、
ほかのみんなはハンバーガーを食べに行ってしまったと思って、
テレビの前で彼女は夫にフェラチオをした。それから言った、
「誕生日おめでとう、このろくでなし！」。そして彼の顔をひっぱたいて、
眼鏡をはじき飛ばした。彼女がサービスをしているあいだ
彼がつけていた眼鏡を。僕は部屋の中に入っていって
言った、「君たちは、お互いにそんなことをしてちゃいけないよ」。
彼女は眉一つ動かさず、いったいあんたどこに隠れていたのよ、
と騒いだりもしなかった。口にしたのはただ、
「余計な口出しするんじゃない、この落ちこぼれのカス」。ガイは眼鏡をかけた。
ズボンをひっぱりあげた。僕らはみんなでキッチンに行って、
そこで酒を飲んだ。更にまた飲んだ。そんな具合に、
世界は午後から夜へとうつろっていったわけだ。

Union Street : San Francisco, Summer 1975

ボナールの裸婦

彼の奥さん。四十年のあいだ彼は奥さんを描いた。
何度も何度も。最後に描いたヌードも、最初の
若いときのヌードと同じだった。彼の奥さん。

彼の記憶している若い彼女を描いた。若いときのまま。
湯浴みをしている彼女。化粧台の鏡の
前に座っている彼女。全裸で。

両手を二つの乳房の下にあてて
庭を眺めている彼の奥さん。
太陽が温もりと色合いをそこに与えている。
そこでは生きとし生けるものが花開いている。

彼女は若く、おずおずとして、欲望をそそる。
彼女が死んだあとも、ボナールはしばらく描きつづけた。
風景画を少しばかり描いた。そして死んだ。
そして奥さんの隣に埋められた。
彼の若い奥さんのとなりに。

Bonnard's Nudes

ジーンのテレビ

僕の人生は最近ずいぶん
穏やかだ。でも先のことは
誰にもわからない。
今朝僕はひとりの女友だちの
ことを思い出した。僕の結婚生活がだめになった
すぐあとにつきあっていた子。
ジーンという気だての良い子だ。
最初のうち、彼女は状況がどれくらいひどいか
わかっていなかった。わかるのにしばらく
時間がかかった。でもとにかく彼女は僕のことをすごく
愛していると、言ってくれた。
そのとおりだったと僕も思う。

彼女は僕を家に置いてくれた。
僕はそこで彼女の電話をつかって
僕の人生のけちな段取りを
なんとかつけていた。彼女は
僕に酒を買ってくれたけど、あんたは
ほかの人が言うみたいな
飲んだくれじゃないわよと言った。
小切手にサインして、
仕事に出かけるときに
枕元に置いていってくれた。
その年のクリスマスにはペンドルトン・ジャケットを
くれた。僕は今でもまだそれを着ている。

僕はそのお返しに彼女に酒の味を教えた。
そして服を着替えずに
寝る習慣を。

真夜中にしくしく泣きながら
目を覚ます方法を。
僕が出ていくとき、彼女は二ヵ月分の家賃を
僕のために払ってくれた。そして彼女の
白黒テレビをくれた。

何ヵ月かあとのことだけれど、僕らは
一回電話で話をした。彼女は酔っていた。
僕だってそれはちゃんと、酔っぱらっていた。
最後に彼女はこう言った。
私はまた、あの自分のテレビを見ることがあるかしら？
僕は部屋の中を見回してみた。
そのテレビが、もとあった
台所椅子の上にとつぜんひょいと
現われるんじゃないかというみたいに。あるいは
食器棚の中から、やあこんにちはと言いながら

出て来るんじゃないかと。でもテレビは
何週間も前にどこかに流れて
しまった。ジーンが僕にくれたテレビ。

でもそんなこと言わない。
嘘をついた、言うまでもなく。もちろん、と僕は言った、
すぐに見られるとも。
そして彼女が受話器を置くと（その前だっけ）、
僕は電話を切った。
でも僕のそんないい加減な言葉は
僕自身に、こんなことしてちゃおしまいだな
と感じさせてくれた。
そして、これを最後のごまかしとすることで、
僕はようやく今
　落ちつくことができた。

メソポタミア

夜明け前に、よその家で目が覚めて、
キッチンのラジオの音が聞こえる。
窓の外を霧が流れ、
女の声がニュースを伝える。やがて天気予報。
僕はそれを聞き、油を敷いたフライパンに
肉がじゅっと入る音を聞く。
ほかにも音は聞こえるが、僕はまだ半分寝ている。それは
子供のころの思い出に似ているけれど、似ていない。
僕はベッドの中にいて、女の泣く声と、男の怒りの、
あるいは絶望の叫びを聞いていた。そのあいだずっと
ラジオがかかっていた。でも僕が今朝聞くのはこの家の主人の
こんな言葉だった。「私にはあと何度の夏が巡ってくるのかな?
さあ、答えてくれ」。女からの返事は僕には

聞こえなかった。でもそんな質問にいったいなんと答えればいいのだ、まったくの話。まもなくずっと昔に死んだらしい誰かのことを彼の声が語るのが聞こえる。「あの男は、『おお、メソポタミア！』って、たった一言で観客を泣かせることができた」

僕はすぐに起きあがってズボンをはく。部屋の中は薄明かりが射して、なんとか自分がどこにいるのかがわかる。僕はもう大人になっていて、彼らは僕の友人なのだ。二人のあいだは今あまりうまくいっていない。あるいはこれまでになくうまくいっていて、だからこそこんなに朝早くから死とかメソポタミアといった重大な話を平気でしていられるのかもしれない。いずれにせよ、僕の心はキッチンに惹きつけられる。

すごくミステリアスで大事なことがどっさり
今朝キッチンで持ち上がっているのだぞ。

ジャングル

「私には二本の手しかないんですよ」
その美しいスチュワーデスは
言う。彼女はトレイを持って
通路をそのまま歩いていって
彼の人生から姿を消してしまう。
と彼は思う。左手のはるか
眼下には、ジャングルの高い
丘の上にある
村のあかりが見える。

考えられないようなことが
これまでいっぱい起こった。
だから彼女が戻ってきて

通路を隔てた空席に座っても
とくには驚かなかった。
「リオでお降りになるんですか、
それともブエノスアイレスまで？」

そこでまた彼女は
美しい両手を見せる。
重い銀の指輪が指に、
金のブレスレットが
手首にはまっている。

二人は蒸せかえるマト・グロッソの
上空どこかにいる。
時間はもうとても遅い。
彼は女の両手のことを考えつづける。
しっかり組み合わせられた彼女の指を見ながら。

もう何ヵ月も前のことだし、
それについて語るのはむずかしい。

The Jungle

望み

「俺の女房は」とピネガーは言った、「自分が出ていったら、俺が犬たちのところに
行く姿を見られると思っているんだ。それがあいつの最後の望みだ」
——D・H・ロレンス「ジミーと思いつめた女」

彼女は僕に車と
二百ドルをくれた。じゃあね、ベイビー、と言った。
元気でね、わかった？　二十年の結婚生活の
それが終わり。
彼女にはわかってるんだ、あるいはわかってると思っているんだ。
僕が一日か二日でその金を使い果たして、
どうせ車だってだめにしてしまうんだと。
どっちにしても車は僕の名義だったし、ぽんこつだった。
僕が出ていくとき、彼女とボーイフレンドは玄関の

鍵をとり替えているところだった。二人は手を振ってくれた。僕も手を振った。僕も君たちに悪い感情は持っていないんだと、二人に知らせるために。それから州境まで車をすっ飛ばした。僕はたしかに沈没寸前だった。彼女がそう考えたのは実にもっともだった。

僕は犬たちのところに行った。僕らは良い友だちになれた。でも僕はもっと先まで行ってしまった。そのまま立ち止まらずにずうっと先まで。犬たちを、友人連中を背後に残して。にもかかわらず、僕が数ヵ月後だったか、それとも数年後だったかに、別の車を運転して、その家を再び訪れたとき、僕の顔を戸口で目にしたとき、彼女は泣いた。
素面。清潔なシャツと
ズボンとブーツという格好。彼女の最後の望みは
ついえてしまった。
それ以上望むべきことを
彼女は持たなかった。

（訳注）「犬たちのところに行く」（go to the dogs）は落ちぶれることを意味する。

Hope

この家の後ろの家

その午後、あたりは既に暗く、不自然な感じがした。
その年老いた女は雨の中、馬具を持って、
野原に姿をあらわした。
道を家の方までやってきた。
この家の後ろの家まで。なぜか彼女は、
アントニオ・リオスが、彼にとっての最後の闘いに
入ったことを、知っていたのだ。
どうしてと尋ねられても困るけれど、とにかく知っていたのだ。

医者と何人かの人々が彼に付き添っていた。
しかしもう打つべき手はなかった。そこに
年老いた女が馬具を持って部屋に入ってきて、
ベッドの足のところに架けた。

彼が身をよじり、まさに死を迎えようとしているそのベッドに。
彼女は何もいわずに出ていった。
その女はかつては若く、美しかった。
そのころアントニオも若く、美しかった。

The House Behind This One

リミット

僕らは断崖のてっぺんの
ものかげから、一日じゅう雁を
撃っていた。この群にぶっ放して、
それ次の群。最後には手で持てないくらい
銃身が熱くなった。冷たい
灰色の空は雁たちでいっぱいだった。それでもまだ
僕らの殺しは規定量《リミット》を超えていなかった。
風は僕らの弾丸をあっちこっちに
そらしてしまった。夕方近くなって
しとめたのは四羽。規定量には
まだ二羽残っている。喉が渇いたので僕らは
崖を降りて、小径を下って
川沿いに出た。

不吉な外見の農場が
生命を失った大麦の畑に囲まれて
あった。もうほとんど日がくれていたのだが、
両手の皮膚がところどころはがれている
農夫が、家のポーチの水桶から、
水を飲ませてくれた。
それから、いいものをひとつ見せて
やろうと言った。納屋の横の樽の中に
カナダ雁を一羽飼って
いるのだ。樽には網がはってあって、
中は小さな檻みたいにしつらえてある。
俺は遠くからこいつの羽を撃ち抜いて、
追っかけてつかまえて、ここに
入れたんだ、と彼は言った。
ばっちりいい考えが、俺の頭に浮かんだ！

それを生きた囮《デコイ》として使おうじゃないか。
まもなく、もう想像をこえた
ものすごいことになってきた。
こいつのおかげで、雁はあとからあとから
ここに押し寄せてきた。
撃ち殺す前に手で触れることができそうなほど、
近くまで寄ってきた。
この男は雁にだけは不自由したことがない。
だからこの囮雁はたっぷりと
とうもろこし、大麦を与えられた。
樽を住みかとし、そこで
クソもした。

僕はそいつをしげしげと見てみた。雁は
動きもせずに、僕を見返した。

目だけが、それが生きていることを
教えていた。それから僕らは立ち去った、
友人と僕と。まだ僕らは
照準器の中に入ってくるものがあれば、
なんだって片っ端からぶっぱなす
鼻息だった。その日にそれ以上
何か獲物があったのか
どうか、僕には思い出せない。
なかったという気がする。
だいたいもう、あたりは暗かったのだ。
今となってはどうでもいいことだ。でもその後
何年にもわたって、生活の辛酸を
なめているときにも、僕はその
雁のことを忘れなかった。
その雁はほかの連中（生死を問わず）とは、
まったく違ったものなんだ。僕はつくづく思った、

人は何にでも慣れちまうんだ。
どんなことだって普通になっちまうんだ。
裏切りというのは、喪失の、空腹の、言い替えに
過ぎないんだと、知った。

Limits

感じやすい娘

ここに来て四日目になる。
でも、冗談抜きで、あの窓ガラスに
へばりついた蜘蛛は僕の来る前から
ずっとここにいるんだ。ぴくりとも
動かないけど、生きていることは間違いない。

谷間に光が射してくるところはなかなか
素敵だ。ここは美しく、
静かだ。牛たちが家路につく。
耳を澄ませば、カウベルの音が聞こえる。
牛を追い立てる、ぴしゃっぴしゃっという
杖の音も聞こえる。こぶだらけのスイスの
丘の上に、霞がたなびいている。家の下手にはハンノキのあいだを縫うように、急流が走っている。
飛沫がやさしげに、希望にみちて
ぴしゃりとはねあがる。

愛のためなら生命も惜しくないという
時期もあった。
でもそれも終わった。中心の部分が、持ちこたえられなかった。
崩れて潰えた。光だって
消えてしまった。その軌跡ははかなく
力を失っていた。でもどうしてだか、
僕はその時期のことが気にかかってならない。
貧困と汚辱とが戸口から押し入ってきた
時代のことを、なんでわざわざ
思い出したりするんだろう？　おまけにその後ろから、
現場を調べさせてもらうといって、
警官までものものしく入り込んできたというのに。

掛け金はしっかりとかけたけれど、
あの頃、それで防ぎきれるような状態じゃなかった。
そうさ、誰もまともに息をすることさえできなかったんだ。
嘘だと思うなら、彼女に訊いてごらん！
もし君が彼女の行方を突き止めて、さらに彼女の口を
開かせられればだけれど。その娘は夢を見て、
歌をうたっていた。愛を交わすときにさえ、ときどき
ハミングしていた。感じやすい娘だった。
結局頭がいかれてしまったのだけれど。

僕は今では立派な大人、というかそれ以上だ。
あとどれくらい、生きられるのだろう？
あの蜘蛛はあとどれくらい、生きるのだろう？
秋に入って二日め、木の葉が落ちるとき、
彼はどこに行くのだろう？

牛たちは囲いの中に入った、
杖を持った男は腕を上げる。
扉を閉めて、閂《かんぬき》をおろす。

僕はようやく今こうして、完璧な沈黙の中にいる。
ここに残される数少ないもののことを知っている。
そいつを愛さなくてはならないことも知っている。
それを愛そうと思う。僕ら二人のためにも。

The Sensitive Girl

II

メヌエット

輝かしい朝。
あまりに多くを望む故に、何も望まない日々。
この人生だけあれば、それでいい。というものの、
誰も来ないといいな、とは思う。
でももし誰か来るとしたら、それなら、彼女がいい。
靴の先に小さなダイアモンドの
星をつけたあの女。
メヌエットを踊っていた娘。
骨董品みたいな古い踊り。
メヌエット。彼女はものすごく
正統的に、それを踊っていた。
なおかつ、自分が踊りたいように。

The Minuet

出口

僕は古いスパイラル・ノートを開いてみた。昔自分がどんなことを考えていたのだろうと思って。そこにはたったひとこと、見慣れぬ筆跡で書いてある。でもそれはやっぱり僕の字だ。当時、僕はずいぶん紙の無駄遣いをしていたのだな！

、、、、ドクター・カ、ー、ビ、ツ、の、た、め、に、ド、ア、を、と、り、は、ず、す。

一体ぜんたい、これが今の僕に、あるいは他の誰かに、何の意味があるだろう。それから僕は当時に戻っていった。まだ新婚ほやほやのころだ。僕は薬剤師アル・カービツの配達を引き受けることで、生活の資を得ていた。彼の兄のケン——耳鼻咽喉科医で、僕はドクター・カービツと呼んでいた——はある夜、仕事の取引について話をしたあと、夕食の席でばったり急死してしまった。彼はバスルームの中で死んだ。ドアと便器とのあいだにつっかい棒みたいになって。だから中に入ることもできない。はじめにどすんと倒れ落ちる音が聞こえた。それからカービッツさんと、美人の兄嫁が「ケン！　ケン！」と叫んで、二人でバスルームのドアを懸命に押した。

カービッツさんはねじ回しを使ってドアの蝶番を外さなくてはならなかった。それで救急隊員は時間を一分くらいは節約できたはずだ、たぶん。自分にいったい何が起こったのか、兄にはわからなかっただろう、と彼は言った。床に倒れ落ちたときには、もう死んでいたね。

それ以来僕は、蝶番ごと外されたドアをいくつも目にしてきた。ねじ回しを使ったのやら、使わなかったのやら。でも僕はドクター・カービッツのことは忘れていたし、その頃に起こったこともずいぶん忘れてしまっていた。今日までずっと、ドア外しと死が結びつくこともなかった。

その頃には、死というのは、もし起こったとしても、他人の身に起こることとだった。僕の両親くらいの年の人たちに起こること。あるいは、有名人なんかに起こること。たとえ死んでいなくなっても、僕とも僕の死とも無関係な、高額所得者みたいな人たちの身に起こること。

僕らはドクター・コグロンの地下のアパートメントで暮らしていた。僕はそのとき、生まれて初めての恋をしていた。女房は妊娠していた。そりゃ境遇は惨めなものだったけれど、僕らはわくわくと、胸を躍らせて生きていた。だからこそ僕は、ドクター・カービッツと弟のアルについて、それ以上何も書かなかったのかもしれない。死者のために外されなくてはならなかったドアのことなんかについても。

だってそうじゃないか！　死もノートブックも、お呼びじゃないさ。僕らは若くて幸福だった。死はたしかに、訪れていた。でもそれはすり切れた老人のためのもの。本に出てくる有名人のためのもの。そしてまた、ときには、僕がその前に出るとかちかちになって、「イエス、サー」なんて言う、裕福な専門職《プロフェッショナル》の人たちのためのものだった。

Egress

魔法

今日の夕方の五時と七時のあいだ、僕は
眠りの海峡の中に横たわっていた。僕とこの世界を
結びつけていたのは、ただ希望のみ。
僕は暗い眠りの海流の中で寝返りをうった。
天候が大きな変貌《メタモルフォシス》を遂げ始めたのは
ちょうどそのころだった。
雲行きがおかしくなった。うっとうしくて
冴えない天気だな、という程度だったのに、
それがもうわけのわからないくらいに、大きく
膨れ上がって、敵意をむき出しにしている。

僕はそれでなくても、ただでさえ
落ち込んでいたのだ。そんなもの何があっても

ごめんだ。だから僕はあらんかぎりの力を振り絞って、そいつを追い払ってやった。沿岸を南に下ったところの、大きな河まで追い出した。その河ならそういうひどい天候が相手でも大丈夫。でももしその河がどこか高い場所に避難しなくちゃならなかったとしても、問題はない。二、三日のうちに、また戻ってくるさ。

それでまた何もかも元通りになるだろう。すべてはせいぜい、いささか後味の悪い記憶というくらいに、なってしまっているはずだ。そう、来週の今頃になれば、この文章を書いていたときの気持ちも、既に思い出せなくなっているだろう。今日の夕方、変な眠り方をしたことも、ろくに覚えてはいないはずだ。それで少し夢を見てしまったことも……。

七時に目を覚ますと、窓の外はなんと嵐。

僕はそれで最初ショックを受けるが——

やがて気を取り直す。自分が何を求めているのかについて、ひとつじっくりと考えてみる。僕が何を捨てられるか、何を追い払えるかについて。そしてそいつを実行する！

こんなふうに。言葉としるし《サイン》をもちいて。

東方より、光

家は一晩じゅう、えらい大騒ぎだった。
明け方になって、静まった。子供たちは
お腹をすかせて、出鱈目な居間をなんとか抜けて、
出鱈目な台所に辿りつく。
父親は居間のソファで眠りこけている。
子供たちは足をとめてその顔を見た。見ないわけにはいかない。
そして轟々たるいびきを聞き、
ああ、これであの昔の生活がもう一回始まるんだなと
悟る。何もかも、前とそっくりじゃないか。
でもクリスマスツリーがひっくり返されていたのには、
さすがに息を呑んだ。
ツリーは暖炉の前にごろんと横倒しになっている。
せっかくみんなで飾り付けをしたというのに、それが

無茶苦茶になっている。絨毯の上に、色とりどりのデコレーションが散乱している。なんでこんなことしなきゃならないんだ?

父親は母親からのプレゼントの箱をすでに開けていた。中身は一本のロープ、それが半分ほど、きれいな箱の外に出ている。

二人ともそのロープでさっさと首をくっちまえばいいのにと、子供たちは言いたい。

もうこんなのうんざりだ、父親も母親もうんざりだ、それが子供たちの思いだ。なにはともあれ、

食品棚の中にはシリアルがあり、冷蔵庫には牛乳が入っている。子供たちはテレビの前に皿を運び、好きな番組を見ながら、

豚小屋みたいな家のことを忘れてしまおうとする。

テレビのボリュームが上げられる。どんどん上げられる。

父親は寝返りを打って、うなる。子供たちは笑う。

ボリュームをもっと上げる。そうすれば自分が生きているということが、

父にもちゃんとわかるだろう。彼は顔を上げる。朝が始まる。

From The East, Light

無理な注文

この老女が彼らのために家事の面倒を見ていたのだが、
これまでずいぶん突飛なものを見たり聞いたりしてきた。
皿や瓶が空中を飛び交う光景。
灰皿がミサイルみたいに空中を突っ切って、
犬の頭にぶつかるところ。
一度なんか家の中に入ってみると、
食堂のテーブルに大きなサラダがどんと置いてあった。
その上には黴のはえたクルトンがまぶしてあった。
テーブルには六人用のセットがしてあったが、でも誰も
それに手をつけていなかった。食器にはほこりがかぶっていた。
二階ではひとりの男が泣いて頼んでいた。
もう自分の髪を根元からひっぱらないでくれと。
「お願いだから、お願いだから」と叫んでいた。

彼女の仕事は家の中を片づけておくことだった。
少なくとも前に見たときと同じようにしておくこと。
ただそれだけ。誰も彼女に意見を求めたりはしなかった。
彼女も意見は言わなかった。エプロンをつけて、
思いきりじゃあじゃあお湯を出して、それでほかの音は
聞こえなくなってしまう。両腕を肘のところまで
お湯に漬けた。カウンターに身を乗り出して、
錆びたブランコとジャングルジムのある
裏庭をじっと見つめた。
もうしばらく見ていれば、木立の中から象が出てきて、
大きな鳴き声を上げるのが、目に見えるはずだ。毎週
月曜日のこの家のこの時刻には、それが決まりだったんだから。

彼女の不幸の書き手

この世界は所詮この世界。そして世界は、愛で終わる歴史など書きはしない。
スティーヴン・スペンダー

僕は、彼女が言うようなひどい人間じゃない。でもひとつ、これだけは確かだ。過去はすでに遥か彼方にある。海岸線はもう見えなくなって、僕らはみんなひとつのボートに乗り込んでいる。雨が紗幕のようにはらりと、航路の上にかかっている。それでも僕はやっぱりこう思うのだ。彼女がいつまでも僕についてあんなひどいことを言いつづけるのをやめてくれればいいのにと。長い歳月のあいだに、希望以外のすべてが離れていく。そしてその希望さえ、やがてはいささか心許なくなる。

僕らのこの人生には、もうこれで十分というようなものは、何ひとつありはしない。でもときどきは、素敵なものがふと顔を見せることだってある。そしてもし運さえ良ければ、それが僕らをしっかりとつつんでくれることもあるのだ。僕はたしかに、今こうして幸福だ。

もし彼女がつまらないことを言わないでいてくれたなら、僕としてはどんなにありがたいだろう。幸福であるということで僕をそんなに憎んだりしないでいてくれたなら。

自分の人生を駄目にしたことで、僕を責めたりしないでくれたなら。それで僕は思うのだけれど、彼女は僕をほかの誰かと取り違えているのではあるまいか。頭には夢ばかりつまって、語るべき中身もないくせに、「君のことを永遠に愛するよ」とかなんとか、心から女の子に誓っているような、どこかの若者と。

彼女に指輪とブレスレットを与えた男と。

彼は言う、一緒になろう、僕を信じてくれていい、と。

とかなんとか、その手のことを。僕とその男とは別人だよ。

だからさ、彼女は僕とほかの誰かとを
取り違えているわけだよ。

発破係

僕の友人である大工のジョン・ドゥーガンが
この世を去ったとき、彼はひどく慌てていた
らしかった。といっても、もちろんほんとに慌てていたわけじゃない。
慌てて死んでいく人間はそんなにいない。でも彼には
別れを告げる時間さえろくになかった。「工具をちょっと片づけるよ」
と彼は言った。それから、「じゃあな」と言って、急ぎ足で
坂の下に停めたピックアップ・トラックまで歩いていった。彼は手を
振り、僕も手を振った。でもここから、住まいのある
ダンジネスまでの道筋で、彼はセンターラインを、死の
側に向けてはみだしてしまった。
そして一台の木材運搬トラックに、潰されてしまった。

彼はシャツを脱いで

太陽の下で働いている。汗が目に入らないように、青いバンダナを額のところに巻いていた。釘を打っている。ドリルをまわし、材木にかんなをかける。板と板とをつなぎ合わせている。この家の寸法をまんべんなく計っている。ときどき手を休めて、話をする。怖いもの知らずの若者だったときに、発破係として働いていた話を。導火線に火をつけるときに何度も危ない目にあった。笑うと白い歯がきらっとのぞく。しみじみと思い出しながら、金色の横にはねあがった口ひげをひっぱるのがクセだ。「じゃあな」と彼は言った。

彼が苦しむこともなく、損なわれもしないまま死へと向かっているところを、僕は想像したいのだ。たとえ導火線が燃えているとしても。ピックアップの運転席では、リッキー・スキャッグズの歌を聴く以外に、とくにやることもない。

口ひげをなでて、土曜日の計画を練るくらいのものだ。
目の前には、死がしっかり待ちかまえているというのに。
苦しむこともなく、損なわれることもなく、死のもとへと
向かっているところを。

Powder-Monkey

ハサミムシ

モナ・シンプソンに捧げる

あなたの作ってくれた、アーモンドのかかったすごく
おいしそうなラムケーキは今朝、ていねいにうちの玄関まで
配送されてきました。配達人は急な坂の下に車をとめて
手でかかえて、それをもってきてくれました。
凍りついた風景の中、ほかに動くものとてありません。
家の外も中も、おどろくほど寒かった。私は受け取りにサインして
ありがとうと礼を言って、中に入りました。
厚いテープをびりびりとはがし、バッグのホチキスをとると、
その中には容器いっぱいに詰められた
あなたのお手製のケーキが入っていました。
私は蓋から接着テープをはぎとり、

それを開けました。そしてアルミ・フォイルをひらいてみると
うーん、これはまったく、なんて素敵な甘いかおりだ！

ハサミムシが湿り気のある底の方から姿を見せたのは
そのときでした。あなたのケーキを腹いっぱい食べた
ハサミムシが。ラムに
酔っぱらって。虫はいれものの壁をよじのぼり、
せかせかとテーブルを横切って、果物を入れた鉢の
中に逃れようとしました。私はその虫を殺しませんでした。
とにかく、そのときにはね。相反する気持ちで、頭がいっぱいになって
しまったのです。いやだなあ、ともちろん思いました。でも
驚嘆もしたのです。立派なものだ、とまで思った。この生き物は
飛行機に乗って、ひと晩かけて、三千マイルも旅を
したのですよ。ケーキやら削りアーモンドに囲まれて、
くらくらするようなラムの匂いを吸いこみながら。そして
トラックに乗せられて、山道を越え、凍てついた空気の中を

坂をのぼって、ここまで運ばれてきたのです。はるか太平洋を見おろす、この家にまで。いっぴきのハサミムシが。

こいつは生かしておこう、と考えました。いっぴき増えたところで減ったところで、世界に変わりはない。こいつは特別なものだ、たぶんね。その奇妙なかっこうのあたまに恵みあれ。

私はアルミ・フォイルからケーキを取り出しました。

するとなんと、あと三匹のハサミムシが、容器から這い出してきたのです。私はもうびっくりしてしまって、そいつらを殺せばいいのかどうか、わけがわからなくなってしまいました。それから私は思わずかっとなって、そいつらを叩きつぶしたのです。逃すものか、ぴしゃりというわけです。それはまさしく虐殺でした。

しかるのちに私は、さっきのハサミムシをも見つけて、かんぜんに抹殺してやりました。

ぜんぶ片づけたあとでも、まだ物足りない気分でした。いくらでもそれを続けられたんじゃないかと思います。

次から次へと、ぶっつぶしてやる。人にとっての狼は人である、というのが真実であるとしたら、そのような流血への欲望があふれてきたときに、ちっぽけなハサミムシたちに、なすすべがあるでしょうか？

私は腰をおろして、気持ちをおちつけようとしました。鼻からおおきく息を吸い込みました。ゆっくりとテーブルのまわりを見ました。さあなんでもこいよ、という感じで。モナ、こんなことを言うのはつらいんだけれど、私はあなたのケーキをひとくちも食べることができませんでした。とっておいて、またあとで食べようかと思っています。でもとにかく、ありがとう。この冬にひとりぼっちでいる私のことをちゃんと覚えていてくれて。ひとりで生きているのです。なんだか、獣みたいに。

ナイキル

鉄の意志とでも言おうか。僕はもう何ヵ月も夜の十一時の前には、一滴の酒も口にしてはいないのだ。これまでのことを思えば、上出来じゃないか。これがまずは第一段階というところ。僕の知り合いに、飲むならリステリンと決めている人がいた。

スコッチをやめてそこに落ちついた。

彼はリステリンをケース単位で買って、ケース単位でそれを飲んだ。彼の車の後部席には死んだ兵隊たちが折り重なっていた。

リステリンの空き瓶の山が、焼けるように熱いシートの上で、まぶしく光っていた！

それを目にしたあと、僕は家に帰って、じっくりと自分のことを考えてみた。

前にも一度か二度、そういうのをやったことがある。誰だってやっていることだ。
自分の内奥に入っていって、そこであたりをぐるりと見回すのだ。
僕はそこに何時間もいた。でも誰にも会わなかったし、
何か面白そうなものも、目に
つかなかった。僕は現実の場所にもどってきて、
スリッパをはいた。そしてグラスにとくとくと
ナイキルをついだ。
椅子をひとつ、窓際にもっていった。
そこで、カリフォルニア州クパティーノの空に
もがくようにあがっていく、白い月をながめた。
真っ暗な夜の何時間か、僕はナイキルとともに待った。
そしてやがて、そうだ、そうこなくっちゃ！　最初の
光の切れ端。

（訳注）「ナイキル」〔NyQuil〕は咳止めシロップ。

NyQuil

可能なもの

この何年かのあいだ僕は、学究の世界に断続的に身を置いてきた。自分が学生のときにはとても近寄れなかったような場所で、教えたりもした。でもそのころのことは一行だって書いちゃいない。たったの一行も。そのころのことって、ぜんぜん残っていないのだ。僕はそこでは自分自身に対してさえ、部外者であり、詐称者であった。でもある学校のことだけはよく覚えている。そこは中西部ではかなり名のしれた大学だった。そこには僕の唯一の友だちとして、チョーサー研究者である教師がひとりいたのだが、彼は奥さんを殴ったかどで警察に逮捕されてしまった。それから彼は奥さんに電話をかけて、殺してやると脅した。これも軽罪である。目をくり抜いてやるからな、おまえみたいな嘘つきには火をつけてやるからな、と。

おまえがつきあっている男は、ハンマーをつかって、棒杭みたいにがんがん地面に埋め込んでやるぞ、と言った。

奥さんが新しい生活を求めて家を出ていったとき、彼はしばらく正気を失っていた。酔っぱらって、しくしく泣きながら授業をやったこともある。シャツに昼飯がこびりついていることも一度ならずだ。

僕はなんの役にもたたなかった。僕自身、下り坂をまっしぐらだった。でも彼の様子をそばで見ていて、なんといえばいいかな、こう思った。僕は自分のほんらいの場所から、そんなに遠くはぐれてきたわけでもなかったんだなと。僕の学究の友人。僕の旧友。

僕はようやくそこから抜け出したよ。

そして君。君の両手がしっかりしていることを祈っている。今夜君がハッピーであることをも。少し前にさる女性が、君の清潔なカラーの中に手をちょっと入れて、「愛しているわ」と言ってくれたならいいのに。もしできることなら、彼女を信じるんだね。だって、それは本気かもしれないぞ。

彼女は君に対して真実で、やさしくしてくれる人、かもね。
人生の、それこそ最後の最後まで。

The Possible

ぶらぶらして暮らしたい

僕らより生活の上の人たちは「快適」クラスだった。
彼らはペンキが塗ってある家に住んで、水洗便所が室内にあった。
年式や型がちゃんと識別できるような車に乗っていた。
僕らより下にいるのは仕事もしない、「悲惨」という層だった。
彼らの正体不明の車は、しょぼけた庭のブロックの上に載せられている。
歳月が流れて、物事もどんどん変転し、
人も変わっていく。でも変わらないことがひとつある。それは
僕は働くことがぜんぜん好きになれないという事実だ。僕の不変の目標は
ぶらぶらして暮らすこと。そういう生活はご機嫌だろうな。
家の前に椅子を出して、日がなそこに座り、
帽子をかぶり、コーラを飲み、なんにもせずに
ぼおっとしていられたらいいなあと、思う。
それのどこがいけないんだ？

ときどき煙草なんかも吸って。
ぺっと唾を吐いて。ナイフで木を削っていろんなかたちにしたりして。
それが何か問題なのかね？　気が向くと犬たちを呼んで、
兎狩りに行こう。たまには、それも悪くない。
金髪で太った男の子（僕みたいな）を呼び止めて、こう
言うこともある。「おいお前、どこの子だったかな？」
「お前、大きくなったら、何になるつもりだ？」なんて、言わない。

メキシコ・シティーの若き火喰い芸人たち

彼らは口の中をアルコールでいっぱいにして、交通信号のあるところで、火のついた蠟燭にそれを吹きかける。車が渋滞し、ドライバーがうんざりイライラして、何か気晴らしを求めているようなところであれば、いたるところにそういう若い火喰い芸人たちの姿を見ることができる。たった数ペソのために、彼らはその稼業をつづけている。もし運がよければ。でも一年で、彼らの唇は焼けただれ、喉はざらざらになってしまうのだ。一年もたたないうちに声だって出なくなる。話すことも、叫ぶことも、できなくなる。彼ら声なき子供たちは、蠟燭と、アルコールをいれた

ビール缶を手に、通りから通りへと
客を捜してまわる。
彼らは「ミルソス」と呼ばれている。直訳すると、
「千の使いみち（a thousand uses）」ということ。

The Young Fire Eaters Of Mexico City

食料品はどこに行ったのか

母親がその日二度目の電話をかけてきて
彼にこう言った。
「力というものがまったくわいてこないんだ。ずっと
横になったままでいたいよ」

「鉄剤は飲んだのかい？」と彼は尋ねてみた。
彼は心から知りたくて、尋ねたのだ。その鉄剤が
何かの効果を現わしてくれないものかと、
毎日空しくお祈りしていたのだから。
「飲んだよ。でもいくら飲んでも、ただお腹がすくだけさ。おまけに
食べるものがなにひとつないときてる」

彼は母親に思い出させる。その日の朝にふたりで

何時間もかけて買い物にいったことを。八十ドルぶんの食料品を買い込んできて、それを彼女の家の食品棚と冷蔵庫にどっさりと入れてきたことを。

「この家にはね、食べるものなんてなにもない。ボローニャ・ソーセージとチーズのほかにはなにもない」と彼女は言った。

母親の声は怒りで震えていた。「なにもない!」

「猫はどう? キティーはどうしている?」

彼の声も震えていた。食料品のことを話すのはやめなくちゃ。それについて話し出すと、ふたりとも哀しい気持ちになるだけだ。


「キティーや」と母親は呼ぶ。「キティーや、おいで。おいで、ちびちゃん。ねえ、返事がないよ。ひょっとしたらだけど、あの子、洗濯機の中に飛び込んじゃったんじゃないかね。洗濯物を中に入れようとしてるときにさ。だってね、

洗濯機が
どすんどすんて音を立てているんだよ。あれは
何かまずいことだよ。キティーや！　やっぱり返事が
ないよ。どうしたらいいんだろう？
どうしていいか、私にはわからない。助けておくれ、お願いだ。
いまお前、何をしているのか知らないが、それはちょっと
あとまわしにしておくれよ。どんな立派なことしているのか
知らないけどさ、私だって
そりゃ苦労して、お前をこの世に
送り出してやったんだからね」

Where The Groceries Went

僕にできること

窓の外にいる鳥たちを、僕は、今日いちにち静かに眺めていたいと思う。ほかにはなにもせずに。電話の線は抜いた。だから親しい人たちも、手を伸ばして僕をつかまえることはできない。井戸は涸れたよ、と僕は告げたのだ。

でも何を言ってもむだだ。おかまいなく、ひっきりなしに話が持ち込まれる。とにかく今はもう勘弁してくれ。ガスケットがまたいかれちゃった車の話なんか、聞きたくはない。

あるいは僕がずっと昔に支払いをしてやった（はずの）トレイラーが抵当流れしかけていることも。あるいはイタリアにいる息子が、仕送りが途絶えたら、自殺してやるとわめいていることも。母もまた頼みごとを持っている。またぞろ昔話を持ち出してくる。僕が彼女の腕の中であやされながら、どれくらいいっぱいミルクを飲んだか。だから少しくらい恩返ししてくれてもいいじゃないか。母は、今度の引っ越しの費用を、僕にもってもらいたいのだ。彼女はまた(もう二十回目くらいなんだけど)古巣のサクラメントに戻りたがっている。全員がからっけつときている。僕が求めるのは、一刻でも長くここに、心穏やかに座っていられること。
昨日の夜キーパーというシェトランド犬に噛まれたあとをさすりながら。そして鳥たちを眺めながら。鳥たちは明るい陽光のほかには、なにひとつ求めたりしない。もうすぐ僕はまた
電話の線をつなぎ、正しいことと正しからざることを選り分けるべくつとめなくてはならない。でもそれまでは、
窓の外の、木の枝にとまってさえずっている、十羽ばかりの、せいぜい紅茶カップくらいの大きさの小鳥たち。
とつぜん彼らは歌うのをやめ、首をうしろに向ける。
なにかを感じたようだ。
さっと飛び立つ。

小さな部屋

大いなる決算があった。
言葉が石のように飛んで、窓を突き破った。
彼女は際限なく怒鳴った。まるで裁きの天使のように。

そしてさっと日が昇り、飛行機雲が
朝の空に姿を見せた。
突然の沈黙の中で、彼が彼女の涙をぬぐうと、
その小さな部屋は、不思議なくらい孤独になった。
この地上にある、光が入りこむことのかなわない
ほかのすべての小さな部屋と同じように。

人々が怒鳴りあい、たがいに傷つけあう部屋。
そしてそのあとで、痛みと孤独を、感じる部屋。

不確かさを。慰めの必要性を。

The Little Room

優しい光

暗く鬱々とした冬が終わって、僕はここで、
春のあいだずっと、晴ればれとした気持ちだった。優しい光が
僕の胸を満たすようになった。僕は椅子を
寄せて、海にむかって、何時間もそこに座っていた。

ブイの音を聴きながら、鐘と、鐘の音との違いを
聞き分けるこつのようなものを

学んだ。僕はすべてのものごとを、背後に
押しやってしまいたかった。僕は自分が

人間ではなくなることさえをも望んだ。じっさいにそうした。

僕はそれを認める（それについては、彼女も口添えしてくれるだろう）。
僕はその朝に、記憶に蓋をかぶせて、
止め金をぎゅっと締めた。
それを永遠に封じこめてしまったのだ。
誰も知らない。ここで、この海で、何が
僕の身に起こったのか。知っているのは僕と君だけ。
夜になると、雲が出て、月をその奥に隠す。
朝方には雲は消えている、そして僕がさっき言った
優しい光は？　それもまた消えている。

Sweet Light

庭

庭では、何年も前の小さな笑い声が聞こえた。
柳の木にかかったランタンが燃えている。
四つの単語の力。「僕は、一人の、女性を、愛した」。
石の上、彼の名前の隣に、それを刻め。
神様があなたを守り、あなたとともにありますように。

馬たちは、ルイドソの直線コースに入る！
夜明けの草原から、靄がたっている。
ヴェランダからは、山並みの青い輪郭が見える。
かつては手の届いたもの、今では届かない。
どうでもいいようなことは逆になっていたりする。

なんでも好きなものを注文したまえ！　それから足をひきずりながら

通りかかる男を捜したまえ。彼が勘定を払ってくれるだろう。
壁の割れ目から、僕はキデロンの谷のあばら屋の
明かりを見おろすことができた。
馴れない屋根の下には、ほとんど眠れない。遠くに離れた、彼の人生。

父さんとチェッカーで遊ぶ。それから彼は
ひげそりの石鹸と、ブラシとカップと、まっすぐな剃刀を
探してくる。そして僕らは、車で郡の病院まで行く。僕は
父さんがおじいさんの顔に石鹸を塗るのを見ている。それから顔をあたる。
死にかけている身体は、扱いにくいパートナーだ。

君の髪に、水滴がついている。
野原は暗い黄色で、河は黒と青。
散歩に行くというのは、君は、また戻ってくるということだよね？
いずれは。
炎が風になびいている。美しいものだ。

ゲーテとベートーヴェンの会見は一八一二年にライプツィヒで実現した。ふたりはバイロン卿とナポレオンについて夜遅くまで語り合った。

彼女は道をはずれて、それからあとは、どこまでも延々、ごつごつの地面だった。


彼女は棒を拾って、土の上に家の絵を描いた。

彼らがこれから住んで、そこで子供を育てる家を。

アヒルのいる池と、馬たちのための場所がある。

それについて書くとなると、心臓が止まって、髪が逆立つような書き方にならざるを得ないな。


セルバンテスはレパントの戦いで片手を失った。

それは一五七一年のこと、奴隷が漕ぐ艦船によって戦われた史上最後の本格的な海戦だった。

ケッチカンのウーナック河で、街を通り抜けていく鮭たちの、
街灯に照らされる背中。

トルストイの棺がアスターポヴォの駅長の
家の庭を横切って運ばれ、貨物列車に
乗せられるまでのあいだ、学生たちや若者たちが
鎮魂歌を詠唱していた。その歌声に送られるように、
ゆっくりと列車は去っていった。

いずこも、厳しい航海、同じ星回り。
でもその庭は、僕の窓のすぐ外にある。
ねえ、僕のことで気をもんだりしないでくれ。
僕らは、自分たちに与えられた糸を織っているのだから。
そして春が、僕とともにいるのだ。

（訳注）「キデロン」はエルサレムとオリーヴ山のあいだにある谷。

The Garden

サン（坊主）

今朝、僕は子供時代からの声に
起こされた。「さあ、起きる時間よ」、僕は起きる。
一晩じゅう、眠りの中で僕は、母が幸福に
生きることのできる場所を、
探しまわっていた。〈もしお前が私の気を狂わせたいのなら〉
とその声は言う。〈それでいい。でもそうじゃないのなら、
私をここから出しておくれ！〉。こんな町に母を連れてきたのは、
僕の責任というわけだ。母は町を憎んでいる。家も憎んで
いる。そんな家を借りたのも僕の責任。
母が憎んでいる近所の人たちを、こんなに近くに置いたのも僕だ。
母が憎んでいる家具も、僕が買ってきた。
〈どうして私にお金を渡して、好きに使わせなかったんだよ？
私はカリフォルニアに帰りたいよ〉とその声は言う。

〈ここにいたら死んでしまう。お前は私に死んでもらいたいのかい？〉

これには答えようはない。あるいはほかのどんな質問に対しても、今朝は答えなんかない。電話のベルが鳴りつづける。僕は怖くて出られない。僕は自分の名前がもう一度呼ばれるのを耳にしたくないのだ。僕の父も五十三年間、僕と同じ名前で呼ばれて、返事をしてきた。

天国に召されるまで、ずっと。

彼は死ぬ寸前、こう僕に言った、「これを台所にもっていってくれないか、坊主《サン》」。

その「サン」という言葉のかたちに、父の唇が動いた。

言葉は空中に浮かんで震えた。みんなの耳に届くように。

Son

カフカの時計

私の得た職はサラリーがわずかに八〇コルナというもので、
永遠とも思える八時間から九時間、働きます。
私は会社の外では、野獣のように時間をむさぼり食います。
いつか外国で、椅子に座って、窓の外に見える
さとうきび畑や、イスラムの墓地なんかを
眺めることができたらなあと思います。
私は仕事に文句があるというよりは、ぐずぐずと流れる
時間がいやなのです。仕事時間というのは、分割することが
できません！　いちにちの最後の半時間にだって、
私はまるまる八時間か九時間ぶんの重みを、
ひしひしと肩に感じるのです。それはまるで夜も昼も

書簡から

列車に乗っているような感じです。そのうちにあなたはとことんうんざりしてしまうでしょう。あなたはエンジンの奮闘ぶりや、あるいは窓の外の丘陵や平野に思いをめぐらすこともやめてしまうでしょう。起こることすべてが時計のせいに思えてきます。あなたはいつも時計を手のひらに握りしめます。それを振ってみます。そして信じられないという顔つきで、ゆっくりと耳に持っていくのです。

Kafka's Watch

III

過去の光速

死体は人の心に不安を呼びさます。最後の裁きを信じるものたちにも、そしてまた信じないものたちにも。
——アンドレ・マルロー

幸薄き中に死んでいった妻を、彼は
葬った。幸薄き中に、彼は
日々ポーチに出て、そこで日が沈み、月が
昇るのをじっと見ていた。
日々は通り過ぎては、またそのまま戻ってくる
みたいだ。この夢は前にも見たぞと思いながら
見る夢のように。

やってくるものは、何ひとつとして留まろうとしない。

彼はナイフをつかって、りんごの皮を
剝いた。りんごの中身、その白い
果肉は、彼の目の前で、
だんだん茶色になって、それから
黒くなった。それが死のくたびれた顔！
過去の光速。

The Lightning Speed Of The Past

寝ずの番

彼らはいちにちずっと、太陽が顔をだすのを待っていた。やっと夕方ちかくになって、ほんのちょっとだけ、まるで良き王子のように、太陽はさっと姿をみせた。ふたりが借りた家の、裏手にそびえる山のふもとの、段になった丘の上たかく、燦然とかがやいた。と思うまもなく、また雲に覆いかくされた。

ふたりはじゅうぶん幸福だった。でも夕方のあいだずっと、カーテンは鬱《ふさ》いだようなしぐさをつづけた。窓のまえで、さわさわと風に揺れていたのだ。夕食のあとで、ふたりはバルコニーに出てみた。河が渓谷にそそぎこんでいく音が聞こえた。そしてもっと近くで、木々のきしむ音、枝のためいき。

丈のある草たちの葉ずれの音は、いつ果てるともないように思えた。
彼女は男の首に手をおいた。彼は女の頬にふれた。
やがてこうもりたちがあちこちからとんできて、ふたりは急いで中にはいった。
中にはいると、彼らは窓を閉めた。少し離れていた。
星の運行をじっと見ていた。そして、ときおり、
月をせなかに、身をおどらせる生きものたちを。

ホテル・デル・マヨのロビーで

少女はロビーで革装の本を読んでいる。
男はロビーで掃き掃除をしている。
少年はロビーで植木に水をやっている。
受付係は自分の爪を眺めている。
女はロビーで手紙を書いている。
老人はロビーの椅子で眠っている。
扇風機はロビーの天井でゆっくりとまわっている。
日曜日の暑い午後の、いつもの風景。

とつぜん、少女は本のページのあいだに
　指をはさむ。
男はほうきをとめて、あれっという顔をする。
少年は作業を中断する。

受付係は顔をあげ、ぽかんと見ている。
女は書くのをやめる。
老人はもぞもぞと目を覚ます。
いったいどうした?

港の方から誰かが走ってくるのだ。
太陽を背中にして、誰かが。
上半身裸の誰かが、
両腕を大きく振りながら。

どうやら何か恐ろしいことが持ち上がったみたいだ。
その男はまっすぐホテルめがけて走ってくる。
その唇は今にも叫び声を発しそうに、ぴくぴく震えている。
ロビーの人々は誰も、そのときの恐怖を忘れないだろう。
そこに居合わせた人々はみんな、死ぬまでその瞬間を
覚えていることだろう。

バイア、ブラジル

風はなんとかおさまった。しかしバケツをひっくり返したような雨が、今日も降った。昨日も、その前の日も、えんえん天地創造の日にまでさかのぼれるくらい、降りつづいている。昔の奴隷区域にある建物は崩れかけているが、そんなこと誰も気にしない。年老いた奴隷たちの亡霊も、あるいは若き奴隷たちの亡霊も。水は、彼らの鞭うたれた背中にやさしくて、彼らは安堵の涙を流してしまいそうだ。

この土地に夕暮れというものはない。さっきまで光があったと思ったら、次の瞬間にはもう星が出ている。一晩じゅうさがしたって、北斗七星は

みつからない。ここでは南十字星が
空のしるしなのだ。
僕は自分の声の響きにうんざりしている！
心が落ちつかず、ラムを夢見る。
僕の脳天をぱっくりと開きかねないラムのこと。

階段に人が倒れている。
それをまたいで越える。塔の明かりもいつしか
消えてしまった。その男の髪の中から蜘蛛が
飛び出る。この人生というもの。いやいや次から次へと
驚かされる。

通りに列《ライン》を作っている人々、
まるで詩の行《ライン》ではなくて。
選ぶのだ！　君は罪をみとめるか、みとめないか？
それ以外に何があるわけだい？　と彼は応じる。

そうだな、たとえば家が火事になったとするね。
君は猫を助けるか、レンブラントを持ち出すか？
そいつは簡単だ。僕はレンブラントを持っていないもの。
おまけに猫だっていない。でも
家に帰れば栗毛の馬が一頭いる。
もう一回あの馬に乗って、
山地に出かけてみたいものだね。

遠からず僕らは、地面の下で朽ち果てることになる。
これは真実というよりは、むしろたんなる事実。
生きているあいだに
幸福をたっぷりと与えあった僕らは——
僕らは朽ちていこうとしている。しかしこの場所では、
僕らは朽ちることはない。ここではね。
枷でしばられた腕と腕。
ああ、そんなことを考えただけで、おかしくなりそう！

この人生。これらの枷。
こんな話、いやだね。

Bahia, Brazil

現象

目が覚めたら、なにしろひどい気分だった。僕が
ひと晩どこにいたのかは、神のみぞ知る。しかし脚が痛むな。
窓の外では、ちょっとした現象が起こっている。
太陽と月が、ぴったり隣りあって、海の上に浮かんでいるのだ。
ひとつのコインの表と裏。僕はゆっくりと
ベッドを這い出る。まるで年寄りが真冬に、かび臭いベッドから
いじいじと出て行くみたいな感じで。なんとしたことか、小便すら
うまくできやしない！　僕は自分に言う、
なあに、こいつはあくまで一時的なことさ、と。
二、三年後には万事解決してる。でももう一度窓の外に
目をやったとき、突然ある感情がまきおこってくる。
この場所の美しさに、僕は再び、すっかりとらわれてしまう。
そうじゃないようなことを口にしたとしたら、それはすべて嘘。

僕は窓ガラスのそばに寄って、見てとるのだ。この想いと、あの想いとのあいだで、それが起こったのだということを。月は消えてしまった。沈んだのだ、ついに。

風

リチャード・フォードに

海はぴたりと静かだ。息をのむくらい見事。
鳥の群が、せわしなく空を
飛び交う。これだけでもじゅうぶん謎がつまっている。
時計は持ってるかいと君は尋ねる。僕は時刻を教える。
そろそろ戻る時間。魚はとにかく食いついて
くれない。まったくのお手上げ。
そのとき、一マイルくらいの向こうで、海の上を
風が渡っていくのが見える。じっと座って、それが
こっちに向かって来るのを見る。心配することはない。

ただの風だ。ものすごく強い風というのでもない。でもけっこうな強風。
君は言う、「あれを見ろよ！」
そして僕らは風が通過するあいだ、舷縁《ガネル》をつかんでいる。

僕は風が顔と耳をあおぐのを感じる。髪をさわさわと揺らすのが
感じられる。それはどんな女の指よりもやさしく
思える。

やがて僕は首を曲げて、それが
海峡のほうに、波を前面にたてながら
去っていくのを見る。

風が残していった波が、僕らのボートの
船体にぴしゃんとぶつかる。鳥たちは大騒ぎしている。
ボートは左右に揺れている。

「すごい」と君は言う。「あんなの見たの初めてだ」

「そりゃね、リチャード」と僕は言う——

「マンハッタンでは、あれはちょっと見られないよ」

移動

夏も終わりのある日の午後、友だちは知り合いとテニスをしていた。ゲームの合間に、相手はこう言った、今日の君のステップは、ぜんぜんばねが利いてないみたいじゃないか。サーブもホットじゃないし。「どこか調子悪いんじゃないの?」と相手は言った、「最近、検査受けたかい?」時は夏、人生は順調。でもその友だちは、親しい医者にみてもらいにいった。医者は彼の腕をとって言った、長くても三ヵ月の命だ、と。

僕が彼に会ったのは、その翌日の午後だ。彼はテレビを見ていた。ちょっと見た目にはいつもと同じなのに、うまく言えないが、いつもとはなにか違う。テレビを見ていたことを照れて、音量を少しさげた。でもじっと腰を下ろしていることができなかった。部屋を何度も何度も、ぐるぐる歩きまわった。「これはね、動物の移動についての番組なんだ」と彼は言った。まるでそれですべてが説明されるというみたいに。

僕は両腕を彼の体にまわして、抱擁した。力をひかえた、ほどほどの抱擁。ひょっとしてどちらかが、あるいはふたりとも、ばらばらに壊れるんじゃないかと、心配で。そのとき一瞬、馬鹿げた、恥ずべき考えが頭に浮かぶ――

いいいいいいいいい。

これは伝染るんじゃないか。

灰皿を僕は所望する。彼は嬉しそうに家中をさがして、やっと灰皿をひとつみつけてくる。

僕らはなにもしゃべらなかった。その日は。ふたりで一緒に番組の続きを見た。トナカイ、白熊、魚、水鳥、蝶々、その他いろいろ。彼らはときにはひとつの大陸から、海洋から、べつの大陸や海洋に移動する。でも画面で進行している話に気持ちを集中するのはむずかしかった。

友だちは、思い出してみれば、ほとんど座ってもいなかった。


大丈夫かい？　ああ、大丈夫。ただ、どうにもうまくじっとしていられないんだ。それだけだよ。何かがその目に浮かんで、またすっと消えた。「いったこれ今、何の話なんだい？」と彼は番組について質問する。でもいちいち答えを待ってはいない。また歩きまわる。僕はそのあとを、不細工についてまわった。

彼は部屋から部屋へ、天気や、自分の仕事や、別れた奥さんや、子供たちの話をしながら歩いていった。遠からず、みんなに……何かを言わなくちゃならないだろうな、と彼は言う。

「俺は、ほんとうに死んでいくのかな？」

僕がその痛切な一日についていちばんよく覚えているのは、彼の落ちつきのなさ。そして僕のおよび腰の抱擁——ハロー、グッドバイ。

彼はとにかく移動しつづけた。
ふたりで玄関についていて、そこで足を止めるまで。彼は外に目をやって、たじろいだ。まるで外が明るくありうることに愕然としたみたいに。庭の生け垣の濃密な影が、引き込み道を塞いでいた。ガレージの影が、庭の芝生までとどいていた。彼は車まで僕を送ってくれた。僕らの肩がぶつかった。握手して、僕はもう一度、彼を抱いた。そっと軽く。それから彼は、家に戻っていった。急ぎ足で中に入って、ドアを閉めた。窓の向こうに顔がのぞいて、やがて見えなくなった。

これから先、彼は移動しつづけるだろう。夜も昼もなく、休む暇もなく、自らをまるごと持ち、破裂する自らの最後のかけら、ひとつひとつを持ち、旅をするだろう。自分しか知らない場所に、たどり着くまで。冷たく凍りついた極地だ。そこで彼は思う、ここまで来れば、もういいだろう。ここでいい。

そこにじっと横たわる。ずいぶん疲れたな。

眠る

彼は両手を枕に眠った。
岩の上で。
立ったまま。
誰かの脚の上で。
バスや電車や飛行機の中で眠った。
勤務時間に眠った。
道ばたで眠った。
りんごの袋の上で眠った。
有料便所の中で眠った。
納屋の屋根裏の干し草の上で眠った。
スーパードームの中で眠った。
ジャガーの中で寝たし、ピックアップ・トラックの荷台でも眠った。
劇場でも眠った。

拘置所の中で。
船の上で。
ほったて小屋でも寝たし、一度だけど、お城でも寝た。
雨の中で眠った。
火ぶくれができそうな炎熱の中で眠ったこともある。
馬上で眠った。
椅子の上で、教会の中で、豪華なホテルで、眠った。
生涯をつうじて、彼は見知らぬ屋根の下でさんざん眠った。
今では、地面の下に眠っている。
いつまでもいつまでも眠っている。
まるで、年老いた王様みたいに。

河

僕は暗い河の、深い方へと、足を踏み入れた。
夕暮れ、河の流れは強く、渦巻きながら、
僕の両脚にぴたりと
まとわりついて、はなさない。
若い本年鮭《グリルス》たちが水面に飛び上がる。
稚魚《パー》があっちに散り、二年鮭《スモルト》たちがこっちに散った。
じりじりと進む僕の長靴の下で、小石がぐるぐる回った。
キング・サーモンの怒りの目が僕をにらんだ。
彼らの巨大な頭が、ゆっくりとこちらに向けられる。
深みの流れにところを定めて漂いながら、
彼らの目は怒りにぎらぎらと燃えていた。
彼らはそこにいる。僕にはそれがわかった。
肌がちくちくと痛んだ。でも

そこには、何かべつのものもいる。
僕は首筋に風を受けながら、ぐっとふんばった。
何かが僕の長靴に触れて、
僕は総毛立った。
目には見えないものに、僕は恐怖をかき立てられた。
それから、僕の目に映るすべてのもの——
木の枝が密集している河の向こう岸や、
その背後にそびえる山並みの暗い稜線なんかも怖くなる。
そして唐突に暗さを増し、
流れが速くなっている、この河。
僕は息を呑み込み、とにかくキャスティングした。
何もかかりませんようにと、祈った。

一日でいちばん素晴らしい時間

涼しい夏の宵。
開いた窓。
燃える灯火。
ボウルの中の果物。
僕の肩に置かれた君の頭。
それが、一日のうちでいちばん幸福な瞬間。

それにも勝るのが、言うまでもなく、
早朝の時間。それから昼ごはんの前の
ちょっとしたひととき。
それから午後だって、
それから夕暮れの時間だってある。
けれども、僕はこういった

夏の宵が大好きだ。
あるいは、考えてみたら、どんな
時間よりも、好きかもしれないな。
一日の仕事は終わった。
もう誰も、僕らに連絡を取ることはできない。
あるいは、これからもずっと。

The Best Time Of The Day

尺度

リチャード・マリウスに

彼が服を脱いで横になったのは、
午後のことだった。
煙草に火をつける。灰皿は
胸の上にのっている。
息を吸い込み、息をとめて、
それから煙をふうっと吐き出す。
それにあわせて、胸は上に
あがり、また下に沈む。
シェードは下ろされている。瞼は
閉じかけている。セックスのあとみたいな感じと、幾分
いえなくもない。あくまで幾分、だけど。

家の下のほうで、波が砕けている。
彼は煙草を吸ってしまう。
そのあいだずっとトマス・モアのことを
考えている。エラスムスによれば、
「卵が好き」で、二度目の奥さんとは決して
体を交えようとはしなかった男のことを。

その頭はじっと胴体を見ている。
しっかりと記憶して、どこにあっても
それを見分けることができるように
なるまで。たとえ死の中にあっても。
でも今では、眠りたいという欲望は、
彼の中ですっかり消えてしまっている。
彼はまだトマス・モアと、彼の毛衣《もうい》の
ことを思い出している。三十年も着たその衣《ころも》を、
彼は外套とともに手渡し、

処刑執行人を抱擁する。

彼は起きてシェードをあげる。
光が部屋をふたつに切り分ける。
ヨットが、帆をおろしたまま、ゆっくりと
岬をまわってくる。
海面には、乳白色のもやが
漂っている。沈黙がある。
あまりにも静かすぎる。
鳥たちでさえ、じっとしている。
どこか、ずうっと離れたべつの部屋で、
何かが決定されてしまったのだ。
決定はなされ、書類は署名され、
脇におしやられる。

彼はじっとそのヨットを眺めている。

艤装は取り払われ、デッキには人影もない。
ヨットは波に持ち上げられ、こちらに近づいてくる。
彼は双眼鏡越しに凝視する。
人の姿、その動きがつくりだす音楽、
その小ぶりなデッキに欠けているのは、
そういったものだ。
木の葉ほどの幅しかないデッキだ。
そんなものに生命を支えることはできまい？

唐突に、ヨットは身震いする。
海の上で停止する。
彼は双眼鏡でデッキを見渡す。
でもやがて彼の両腕は、耐えられないくらい
重くなってくる。それで両腕を下に落とす。
耐えられないものは、なんだって落としてしまうのだ。
双眼鏡を棚に置く。

服を着始める。でもヨットのイメージは
頭を去らない。そこに漂っている。
けっこう長く留まっている。それからゆらゆらと消える。
コートを手に取るあいだに、それは
忘れられてしまう。ドアを開けて、外に出ていく。

(訳注)「毛衣」は修行僧が苦行のために着た衣服。

Scale

ろくでもなく僕ひとりで

今朝、窓を打つ雨音で、
目を覚ました。そして思った、
長いあいだずっと僕は、もし選ぶことが
できたなら、いつも自堕落なほうの道を
選んできた。あるいはただ、
単に、簡単なほうの道を。
高潔な道じゃなくて。困難な道じゃなくて。
こういう風な考えが頭に浮かぶのはだいたい、なん日も
ひとりきりでいたあとのことだ。
たとえば今みたいに。なん時間も、
ろくでもなく僕ひとりで、過ごしたあと。
まるで、ちっぽけな敷物ひとつ
しかない、小さな部屋みたいな、

なん時間もなん時間も。

Company

きのう

きのう、僕はつなぎのウールの下着を
着こんだ。それから車を運転して、凍った
道路のつきあたりまで行った。そこには前に何度か、
インディアンの漁師と一緒に来たことがある。
川を歩いていて、長靴の中に水が入ってしまった。
四羽のオナガガモが、クリークから飛び立つのが見えた。
ぼんやり考え事をしていて、みすみす獲物を逃したことも、
べつにどうでもいい。
あるいはまた、僕の靴下が凍りついたことも。僕の
何もかものわけがわから
なくなって、帰りもおくれて
昼飯に間にあわなかった。そりゃ、ついていない一日だったね、
と言われるかもしれない。ところがじつは、そうじゃなかった！

うそじゃない。昨夜、彼女がつけた、この
小さな噛みあとがある。今日、僕の唇を
いろどるきずが、その証し。

Yesterday

学校の机

アロー湖での釣りは惨憺たるものだ。
ざあざあ雨が降って、水かさがあがっていた。
カゲロウの羽化はもう終わってしまったと
いう話だ。僕は、バリンドゥーンで借りた
貸しコテージの窓辺で、天候が回復しないものかと、
いちにち待ち続ける。暖炉では泥炭が煙を
あげてはいるが、そこにはロマンスのかけらなどない。そんなもの
どこにもない。窓のすぐ外には、鉄と木でできた古い
学校の机がひとつあって、それが今の僕のつれあい。
インク置きの下のところに、何かが
彫ってある。なんだっていい。その内容には、
興味ない。そのような文字が、どういった
道具で彫り込まれたのか、それを想像するだけで、

もうじゅうぶん。

父さんは死んでしまって、
母さんは頭のたががちょくちょくはずれ気味になっている。
大きくなった僕の息子と娘が、どれくらいまずい状況に
あるか、とても口では言えない。
彼らは僕のことをしっかり見ていて、
僕のおかした間違いをそっくり繰り返そうとしている。
ひどい話だ。運が悪いとしか言いようのない、僕の
いとしい子供たち。それから、別れた女房のことは、
話さなかったっけ？　話さなかったってのは
変だな。でも僕には、もうその話はできない。
話すべきじゃないんだ、いずれにせよね。僕が
ただでさえしゃべりすぎると、彼女は文句を言っている。
今は幸福なのよ、と彼女は言う。そして歯ぎしりをする。
イエス様は私のことを愛してくださるし、

私はうまくやっていけるのよと言う。僕の生涯をかけた愛はそれですっかり終わってしまった。でもそれが僕の生涯について、何を語るというのか？

僕の愛するものたちは、数千マイルの彼方にいる。でも彼らはバリンドゥーンの、このコテージの中にもいる。そしてここのところ、僕が目を覚ますすべてのホテルの部屋の中に、彼らはいる。


雨はあがった。

太陽が顔を見せ、そして予期もしていなかったカゲロウのかたまりが、小さな雲のようにたちあがった。話が違っているじゃないか。僕らはほとんどひとかたまりになって、ドアに向かう。僕の家族たちと、僕。

そして外に出る。そこで僕は机の上に身をかがめて、そのざらざらとした表面に指を這わせる。

誰かが笑う。誰かが歯ぎしりをする。

そして誰かが、誰かが僕にしがみつくように言う。
「お願い。私を見捨てて
行ってしまわないで」と言う。

ロバに引かれた荷車が小道をやってくる。
乗っている男は口のパイプをとって、僕に手をあげる。
湿った空気の中にはライラックの匂いがする。
ライラックの上を、そして僕が愛するものたちの
頭の上を、カゲロウが舞っている。
何百という数のカゲロウたち。
僕は椅子に腰をおろしている。机の上に
身をかがめている。ペンを手にした僕自身の
姿を思い出してみる。最初のうちは
単語の絵を見ているだけ。
それから書くことを、覚える。ゆっくりと、
一度に文字をひとつずつ。しっかりと書き込む。

ひとつの単語。それから別の単語。
何かを身につけているという感覚。
その心のたかぶり。
ぎゅっと力がはいる。最初のうちは
ダメージは表面だけのことだ。
でもそのうち深くなる。

これらの蕾。ライラックだ。
なんという甘い匂いだろう！
荷車が通り過ぎていくそばで、カゲロウが
舞っている――魚たちがはねる。

（訳注）「アロー湖」はアイルランドの湖。

ナイフとフォーク

月光に照らされる中、銀鮭用の毛針を、ボートの二十フィートくらい
後ろにひっぱっていた。すると、巨大な鮭がそいつにくらいついた！
水の中からきれいにばしっと飛んだ。まるで尻尾でそこに直立した
みたいに見えた。それからまた水に落ちて、消えてしまった。
僕はうろたえて、何もなかったような顔をして、港まで
ボートを操縦した。でも起こったことは起こったんだ。
僕の目の前でまったくそのとおりに起こった。
僕はその記憶を抱えたまま、ニューヨークに行き、
もっと先まで行った。どこまでも、それを抱えていった。
はるばるとこの、アルゼンチンのロサリオにある、
ジョッキー・クラブのテラスまで。
そこのダイニング・ルームの開いた窓から、
こぼれる光を照り返している広い河を、

僕は今見おろしている。僕は葉巻を吸うために、ここに出て、中にいる士官たちや、その奥さん連中の話し声に耳を澄ませている。それから、ナイフやフォークが食器に触れる、かちゃかちゃという小さな音。僕はこうしてここにちゃんと生きている。とくに幸福でもなく、不幸でもなく。この南半球の地に。だから自分があのときに逃した魚のことをまだ思い出していることに、余計に驚かされてしまうのだ。水から跳ね上がって、宙に立ち、また水に戻っていった魚のことを。そのときに僕をとらえた「失くし」の思いは、僕をまだとらえつづけている。このようなものごとについて僕が感じていることを、僕はどうやって伝達すればいいのだろう？　中では、人々は彼らの言語で会話をつづけている。

河に沿って散歩を

してみようと、僕は思う。それは、人々と河とを、親密にさせてくれるような種類の夜だ。

僕はずいぶん歩いてから、歩をとめた。自分のこころが親密さを感じていないことに気がついて。ずいぶん長いあいだ、そうだった。たとえどこに行こうとも、この何かを待っているという感覚を、僕はひきずって歩いていた。でも今では、希望が広がっている。何かがさっととび上がって、水をはねるかもしれない。その音を聴きたいと僕は思う。そして前に進みたい。

ペン

真実を語ったそのペンも、
気の毒に、洗濯機の中に
入れられてしまった。一時間後に
洗濯機からは出てきたものの、ジーンズやら
ウェスタン・シャツやらと一緒に、また
ドライヤーに放り込まれた。それから
窓ぎわの机の上に、何日ものあいだ
静かに置かれていた。もうこれで命も尽きたと
考えながら、そこにじっと横になっていた。
まるっきり一片の確信をも
持つことなく。たとえそう望んだところで、
先に進むべき意志を持つことができず。
でもある朝、夜明けの前に、一時間か

二時間、それははっと生命を取り戻して、
こう記した。
「その湿った野原は、月光の中に眠っている」
でもそこでまた、歩みをとめた。
この世での有用性は、
あきらかに終了した。

彼はそれを振り、机の上に
たたきつけた。もうこれは駄目だと
思った。あるいはそう思いかけた。
しかしもう一度だけ、必死の思いで、
それは最後の力を振り絞った。
そしてこう書いた。
「軽やかな風。窓の向こうでは、
黄金色の朝の大気の中を、木々が泳いでいる」

彼はその先を少し書こうとしたのだが、
それでもう終わりだった。そのペンは
もう二度と働こうとはしなかった。
やがてそれはほかの不要物とともに、
ストーブの中に放り込まれる
ことになった。そしてずっと
あとになって、新しいペンがやってきた。
なんということもない普通の、
まだ何の実績も持たぬペン。
でもなんだか手軽に、こう記す。
「枝の中に闇がつどっている。
家から出るな。じっとしていろ」

賞

それ以来、彼は人がかわってしまった、とみんなは言う。
そのとおりなのだ。彼は喜びいさんで、家を出ていった。
イタリア歌劇の魅力にとりつかれてしまったのだ。
足載せ台が、彼の輿《こし》の前にとりつけられた。
彼の家族は、煙突すらないほったて小屋で暮らしつづけた。
季節は巡れど、かわりばえのしない暮らし。
彼らに何がわかるだろう？
くねった河が、彼らの住んでいる谷間を流れていた。
夜になると、蠟燭がちらちらと、まばたきするようにまたたいた。
まるで、煙草のけむりが彼らの目を焦がすみたいに。
でもあのむさくるしい家の中では、煙草を吸う人間なんかいない。
誰もカンタータなんて歌わないし、作らない。
彼が死んだとき、遺体を検証しなくてはならなかったのは、家族たちだった。

ひどい話だ！
彼の友人たちは、彼のことを思い出せなかった。
前日に彼がどんな顔をしていたかさえ。
彼の父親はぺっと唾を吐いて、馬でリス狩りにでかけた。
姉たちは、彼のあたまをやさしく抱いた。
母親は泣いて、彼のポケットを漁った。
何ひとつ変わっていない。
要するに彼は、もといたところに戻ったのだ。
まるで、一度もそこを離れなかったみたいな様子だ。
そのとき辞退していればよかったのにと、言うのは簡単。
でも、そうはいかないでしょう？

いきさつ

台所のテーブルに向かって、彼は詩を書きはじめた。
脚は組まれている。
彼は「とりあえず」書いていた。まるで、
出来上がりにはさして興味もないみたいに。
この世界にはただでさえいっぱい詩があるのだ。それに、
もう何ヵ月も、詩作から遠ざかっていた。
もう何ヵ月も、詩を読んだことすらなかった。
まったくなんという生活だ？　詩のひとつ
読む暇もないほど忙しい生活を、人が送るなんて？
こんなのは、生活とは言えないぞ。そして彼は窓の外の、
坂の下の方にあるフランクの家に目をやった。
海岸の近くに建てられたしゃれた家だ。
毎朝九時になるとフランクが、

玄関のドアを開けていたことを、彼は思いだした。
そして散歩に出ていったのだ。
彼はテーブルの近くに寄って、組んだ脚をほどいた。

昨夜彼は、フランクの死んだときのいきさつを、
やはり近所に住むエドの口から聞いた。
フランクとは同い年で、親しい
友人でもあった。フランクと奥さんは、
テレビの「ヒル・ストリート・ブルース」を見てる。
彼のお気に入りの番組だ。そのとき、彼は二度ばかり
ぐっと息を詰まらせ、椅子の中にのけぞった――
「まるで電気椅子にかけられたみたいにね」。あっという間に、
彼は死んでしまった。顔の色がさっとひいていく。
真っ白になり、それから黒くなる。ベティーは
ローブ姿で外に走り出る。近くの家まで走って行く。そこには
心肺機能回復法に多少心得のある娘が住んでいる。彼女も

やはり同じ番組を見ている！　ふたりは急いでフランクの家に戻る。フランクの顔はもう真っ黒だ。

テレビの前の、椅子の上で。

警官たちや、悪役たちが、スクリーンの上を行き来している。みんなで声を張り上げ、叫びあいながら。近所に住むその娘は、フランクを椅子からかつぎあげて、床に寝かせる。シャツの前を裂いて開ける。そして作業にかかる。彼女にとってフランクは、生まれて初めて前にする、実物の患者だった。


彼女はその唇をフランクの氷のような唇にかさねる。死人の黒い唇に。

彼の顔も手も腕も、すでに黒い。

シャツをはだけた胸も、やはり黒い。

そこにはまばらに、胸毛がはえている。

もう無駄なことだと、わかっていたはずなのに、彼女はなおも作業をつづける。自分の唇を、彼の反応のない唇に、押しつける。いったん中断して拳で彼の胸を叩く。それから唇をもう一度、彼の唇に強く押しつける。そしてまたもう一度。もうすべては手遅れで、なすすべは何もないことが明らかになっても、彼女はそれをつづける。その娘は、彼を拳でなんどもどんどん叩き、思いつくすべての名前で、呼びかける。みんなが遺体を彼女からひき離したときには、おいおいと泣いていた。そして誰かが思いついて、テレビの画面にちらついている映像を消した。

草　原

この午後、草原の中で、ありとあらゆるけったいな記憶が頭によみがえってくる。母さんに質問をしていたあの葬儀屋。ご主人のご遺体には、上下のスーツをお着せいたしましょうか、あるいは上着だけでよろしいでしょうか？　この質問に対して、あるいはほかの質問に対して、どのような返事があったか、教える義務は僕にはない。でも、とにかくね、父さんは半ズボンをはいたままかまどに入っていったよ。

今朝、僕は父の写真を見ていた。がっしりとした、人生最後の年を生きている男。彼は、そのとき住んでいたカリフォルニア州フォルトゥナの小屋の正面で、巨大な鮭を手に持っている。それが僕の父さんだ。
彼はもうどこにもいない。カップ一杯の灰と、
幾つかの小さな骨になってしまった。ひとりの
人間の人生がこんな風に
終わるなんて。
でもヘミングウェイがいみじくも言ったとおり、
すべての物語は、長く語っていけば、かならず
死で終わる。実にそのとおり。

ああ、もう秋だ。
カナダ雁の群が、遥か頭上を
通り過ぎていく。小柄な雌馬がふと
頭をあげ、一度ぶるっと身を震わせ、それから
また草を食む。甘い匂いのする草の中に
僕も少し寝ころんでみよう。目を閉じて、風の音を、
そして羽ばたきの音を聴こう。

一時間ばかりただのんびりと夢を見よう。自分がここにいて、あそこにいないことを喜ぼう。そのことはありがたい。しかしそれと同時に、僕はつらい気持ちで、思わないわけにはいかない。僕の愛した人々が、どこかべつの、こんなに素晴らしくはない場所に、去ってしまったのだということを。

The Meadow

だらだら

少し前に、僕はその部屋の中をのぞき込んでみた。
そこで僕が目にしたのは——
窓の近くに置いてある僕の椅子と、
テーブルの上にうつ伏せに置かれた本。
窓際の灰皿からは、吸いかけの煙草が、
静かに煙をあげている。
のらくらもの《マリンガラー》！ ずいぶん前のことだけど、叔父にそんなふうに
怒鳴られたことがある。言われてみれば、そのとおり。
僕は今日いちにち、ただだらだらと時間をつぶしていた。
毎日、毎日、そのくりかえし。
まったく、何もしないで、だらだら。

（訳注）「マリンガラー」〔malingerer〕はフランス語源の言葉で、仮病を

使って「さぼる」人のこと。とくに兵士・水夫など。

Loafing

筋

娘は、店番をしている。
彼女は窓際に立って、歯のあいだに
はさまった豚肉のかけらを
ほじくりながら、サージのスーッと
チョッキを着て、ネクタイをしめた男たちが、
鱒を釣っているのを、見るともなく眺めている。
イニスフリー島に近い、
ギル湖でのことだ。
彼女の昼飯の残りは、
窓枠の上で、冷たくなっている。
空気はしんとして暖かい。
郭公の声が聞こえる。

近づいてみると、ボートの中では、帽子を
かぶった男がひとり、岸を見ている。
そこにある小さな店と、店番の娘を
見ている。彼は眺め、釣り糸をひゅっと打ち、
また少し眺める。
彼女はガラス窓に身を寄せる。
それから外に出て、湖畔に足を向ける。
しかし彼女の注意をひいたのは、
藪の中の郭公の声。

男の針に魚がかかる。
さあ、真面目にやらなくちゃ。
娘は歯にはさまった肉の筋を
ほじくりつづけている。
しかし彼女はまた、その身なりの良い男が腕をのばし、
釣り上げた魚の下に、網をさっと

すべりこませるのを、見物している。

やがて男は、照れた顔で、近くを行き過ぎる。
ボートから、娘に向けて、獲物を掲げて見せる。
帽子を持ち上げる。彼女は身体を動かし、ちょっと
微笑む。手をあげる。
その動作が鳥を驚かせ、
イニスフリーに向けて飛び立たせる。

男は何度も何度もキャスティングする。
彼の釣り糸は空を切る。彼の毛針《フライ》は
水面を打ち、彼は待つ。
でもこの男、真剣に鱒のことを
気にかけているのだろうか？
彼がこの日のことで覚えているのは、
おそらくは、一人の娘の姿だろう。

二人の目と目があったとき、彼女は指を
口に入れていた。そして鳥が飛び立った。

二人は顔を見合わせて、微笑む。
そのしんとした午後。
二人のあいだで、一言のことばもうしなわれることなく。

（訳注）イニスフリー（Innisfree）島はアイルランドの島。イェーツの詩
“The Lake Isle of Innisfree”で有名。

待つこと

左に曲がって、ハイウェイを離れ、
坂を下っていく。いちばんさがった
ところで、また左に折れる。
終始、左方向に進む。道路はやがて
Y字路になる。これもまた左。
左手にクリークが見える。
そのまま進む。道が突きあたりになる直前に、
別の道が出てくる。この道に入らなくては
ならない。さもなければ、
君の人生はもう永遠に、取り返しが
つかない。左手には板ばり屋根の、
ログハウスがある。
でもそれは違う家。その隣の、

ちょいと高くなった土地に建っているのが、
目指す家。木々に果物がたわわに実っている
家だ。そこには夾竹桃やレンギョウや
マリゴールドが咲いている。戸口に立つ
女の髪には太陽が
光を与えている。彼女は
長いあいだ、ずうっと
待ち続けていたのだ。
君のことを愛する、その女。
彼女は君に声をかけてくれるのだ、
「ずいぶん遅かったじゃない」

Waiting

IV

議　論

今朝、僕はふたつに引き裂かれている。
自分自身への責務と、
出版社への約束と、それから
僕の家の下を流れる河に引き寄せられる
心とのあいだで。冬のスティールヘッドが
河をのぼり始めたというのが、
大きな問題なのだ。もう夜明けに近く、潮は
満ちている。こうしてささやかな
ジレンマが持ち上がっている今も、
議論が進行している今も、魚たちはどんどん
河になだれ込んでいるのだ。
でもさ、僕はやっぱり生きているだろうし、幸福であるだろう。
たとえどっちを選ぶにしてもだ。

（訳注）「スティールヘッド」は降海型のニジマス。

水　路

その男は去年の冬に、この
小さな河で
三十八匹のスティールヘッドを釣り上げた（彼の名前はビル・ジター、
〈電話帳の最後の名前〉）。
彼は僕に言った。この河は俺と女房が、昔ここに
越してきて以来、ドラマチックに水路を
変えてしまったよ。ラディカルに、という言葉さえ
彼は使った。河は昔は「あっちのな、ほら、
あの家並みのあるあたり」を流れていたのだ。
スティールヘッドたちが夜に浅瀬を越えるときに、
鍋の中で湯がごぼごぼと沸き立つような
音を立てた。あるいは洗濯板でなにかをごしごしと
こするときのような。

「ぐっすり寝ていても、目が覚めちまうよ、あれじゃ」

今では、鮭たちはもうあがってこない。

そして彼はもう、今年の冬にはスティールヘッドを釣らないだろう。なぜかといえば、奥さんの体が癌にむしばまれているからだ。彼はずっと家にいなくてはならない。来年まではおそらくもたないだろうと、医者は言った。

「今あんたが住んでいるところはね」と彼は語る。
「昔はオートバイのコースだったんだ。
この郡じゅうの連中がやってきて、バイクの競走をやっていた。坂をてっぺんまでのぼっていって、向こう側の坂をおりるんだ。ただの
お楽しみだよ。若い奴らさ。最近よくいる、やくざな暴走族とは違う」

元気で、と僕は言う。彼の手を握る。

そして自分の家に戻る。その昔バイクの競走が行われていた場所に。


そのあと、部屋のテーブルに向かい、海の上を眺めながら、僕は今自分がやっていることについて、思いをめぐらせてみる。

この人生の中で、僕が追求していること。

それは結局のところ、たいしたことには思えない。彼が若者たちや、そのバイクについて語っていたことを
僕は思い出す。

その若者たちは、今ではもういい歳だろう。ジターの歳か、あるいは僕くらいの歳か。どっちにしても、いい歳だ。

そして少しのあいだ、僕は思い描いてみる。

彼らが丘を勢いよくのぼるときの、
エンジンのうなりを。彼らが振り落とされ、
毒づき、起きあがり、泥をはらってから、
てっぺんまでバイクを押していく
ときに起こる、哄笑や叫び声を。
そこで彼らは背中を叩きあい、
麻布の袋からビールを取り出す。
ときおり、めいっぱいエンジンを吹かせて、
てっぺんまでしっかりと上りきるやつも出てくる。
それから猛スピードで、向こう側の
坂を下っていく！
轟音と、土煙のなかに消えてしまう。
うちの窓のすぐ外で、そんなことが
行われていたんだな。僕らは、すぐに消えてしまうんだ。
あっというまに、呑み込まれてしまうんだ。

（訳注）「ジター」の綴りはZitterなのでアルファベット順の電話帳では最後の方になる。

Its Course

九月

九月、どこかで最後の
鈴懸の一葉が、地面に
還っていった。

風が、空の雲を払う。

何が残っている？　雷鳥、銀鮭、
うちから遠くないところにある裂かれた松の木。
雷が木に落ちたのだ。でも、そんな目にあいながらも、
再生が始まっている。数本の新芽が、
奇跡のように顔を出した。

ラジオからはフォスターの〈そばにいるマギー〉

が流れている。

僕はずっと遠くに目をやりながら、それを聴いている。

September

真っ白い野原

目が覚めると、不安で、骨の芯まで孤独だった。
頭に浮かぶのは、コーヒーと煙草のこと、
それだけ。言うまでもなく、これを吹き払うには、
仕事をするしかない。
「君の責務は何だ？　それは日々が要求するものなのだ」と
ゲーテは言った。あるいはその手の誰かが。
でも僕には責務という感覚は、まるでない。
何をしようという気持ちも起きなかった。
意志も記憶も、すっかり失われたみたいな気がした。
と言うか、実際にそうだった。そのときにもし誰かがやってきて、
コーヒーをすすっている僕にむかって、
「私があなたを必要としているときにあなたはどこにいたか？」
「あなたは人生をどのように費やしてきたのか？」

「ほんの二日前にあなたは何をしていたか」そんなことを尋ねたとしたら、いったいどう答えればいいのか？　僕は相手をぽかんと見るだけだろう。それから僕はやってみた。二日前のことを、思い出してみた。モリスと車に乗って、あの道路の先端まで行った。ジープから魚釣り道具を出した。かんじきの紐をしめて、真っ白い野原を歩いて横切り、河にむかった。ときおり後ろを振り向いて、自分たちの残した不思議な足跡を眺めた。兎たちがとびあがり、鴨たちが頭上をよぎり、生きていることが嬉しくてたまらなかった。

それからインディアンたちの姿が見えた。胸までの長靴をはいて、河の中に立っていた！　僕らが釣ろうとしていたたまりで、網でスティールヘッドをとっていたのだ。河口のすぐ手前の深みのところで。彼らはきびしく沈黙をまもって仕事をしていた。口には煙草をくわえていた。ちらりとも顔をあげなかったし、そのほか、僕らの存在に気づいたようなそぶりも見せなかった。

「参ったなあ」とモリスは言った。

「やってられないよ」。僕らはかんじきのまま野原を歩いて戻った。不運を呪い、インディアンたちを呪いながら。あらゆる面で特筆すべきことのない一日だった。

ただ僕がジープを運転しているときに、モリスは僕に、手の甲に残った三インチの傷跡を見せた。へら鹿撃ちのキャンプで、調理ストーブの上に転んでしまったのだ。

でもこれはみんな、一昨日に起こったことだ。僕から逃げていったのは、網をするりと抜けて、海に戻ってしまったのは「昨日」なのだ。

それでも今、こうして道の向うの方から届く微かな声に耳を傾けていると、
すべてを思い出せそうな気がする。僕はそこで理解するのだ、
昨日という日は、その独自の容赦なきロジックを持っていたということを。
今日と同じように。また僕の人生のほかの日々と同じように。

The White Field

射撃

僕は腹まで茂った小麦畑を進んでいく。
両腕にショットガンを抱えるようにして。
テスは農場の主の家で眠っている。
月は青白くなっていく。やがて、太陽が山の端から
ぐんぐん上ってくると、その顔はあとかたもなく失われてしまう。

どうしてこんな瞬間を選んで僕は、
叔母のことを思い出すんだろう？　彼女はあのとき僕をわきに呼んで
こう言った。「私が今から言うことを、お前は死ぬまで、
毎日ちゃんと思い返してくれるね？」と。
いかんせん、僕が思い出せるのは、ただそれだけ。

僕は記憶というものを信じられたことは一度もない。それが自分の

ものであれ、他人のものであれ。僕が知りたいのは、今ここで、この
見覚えのないへんてこりんななりで、自分がいったい何をしているのかということ。
これは僕のともだちの所有する小麦畑——それは間違いない。
そして今、彼の犬が獲物の所在を示している。

テスは楽しみのためであれ、何のためであれ、殺すことに
反対している。しかし彼女は、つい最近のことだが、僕にむかって
殺してやると言ったんだ。犬はじりじりと前進する。
僕は動くのをやめる。僕には自分の呼吸をもう見たり
聞いたりすることができない。

ほんの少しずつ、日は進んでいく。とつぜん、
空は鳥たちで炸裂する。
そのあいだテスはずっと眠っている。彼女が目覚めるとき、
十月は終わっているだろう。銃も、射撃についての
会話も、もう過ぎたことになっているだろう。

窓

ゆうべは嵐が吹き荒れて、停電に
なってしまった。窓の外に目をやると、
樹木が半透明になっていた。
傾いで、すっかり霜に包まれている。広漠たる、
静けさが、野に降っていた。
馬鹿ばかしい話だが、実はそのときにこう思った。
俺は、これまでの人生で、偽りの約束をした
覚えはないし、一度として恥ずべきおこないを
したことはない、と。俺の思いはいつも
高潔だった、と。電気はもちろん、
昼前には回復した。
太陽が雲の背後から出てきて、
白い霜を溶かした。

そしてすべての事物は、いぜんのとおりに戻っていた。

The Window

かかと

裸で、靴下を探す。
昨日、そしてたぶん一昨日にも
はいてたやつ。足もとには
ないけど、遠くにはいってない
はずだ。ベッドの下にあった！
君はそれを手にとり、ぱたぱたと
振ってほこりを払う。
靴下だって振られても文句は言えないだろう。
それから、ぐったりとくたびれた
そいつを、手でのばしてやる。その青だか、
茶色だか、黒だか、緑だか、グレーだかのソックス。
君はこう思う。ここに足じゃなくて腕を入れたところで、
いったいどんな違いが

あるだろう、と。じゃあ思いついたが吉日、ひとつそいつを、実行してみようじゃないか。

君はそこに指を入れ、ひじのところまでもそもそひっぱりあげる。

手を握り、開いてみる。そしてまた握って、ずっとそのままにしておく。

そうすると、拳はまるでかかとみたいに見えてくる。

そのままなにかを踏みつけられそうな感じだ。なんだって、踏めちゃう。

君は足首にすきま風を感じて、ドアのほうに向かう。

そして君はクールの野生の白鳥のことを思い出す。そして君が耳にしたこともない、ましてや行ったこともないいろんな土地の、野生の白鳥たちのことを。君は閉まったドアをがちゃがちゃやりながら、そこで理解する。自分が今、白鳥やらなにやかやから、どれくらい遠く離れたところにいるのかということを。
やっとドアが開く！　外はもう朝――というのが
君の望んでいたこと。なにしろ
一晩ろくに眠れなかったのだから。
でも空には星が光り、暗い樹木の
上では、月がよろよろと歩んでいる。
君は両手を上にあげ、ちょっとした動作をしてみる。
両手にソックスをはいた男がひとり、
夜空の下。
それはまるで夢みたいであって、夢みたいでもないな。

（訳注）“The Wild Swans At Coole”という有名なイェーツの詩がある。クール〔Coole〕はアイルランドにある古い荘園。

電話ボックス

女は電話ボックスの中でうつむいている。受話器に
向かってすすり泣いている。ひとつふたつ
質問をし、そしてまた泣く。
彼女の連れはジーンズにデニム・シャツという
格好の年配の男で、そこに立って自分が
話す番を、そして泣く番を待っている。
女は彼に受話器を手渡す。
それからしばらく二人は小さなボックスに
一緒に入っている。男は彼女のとなりで
同じように涙を流す。それから
女は彼らのセダンのそばに行って
フェンダーにもたれかかる。そして
男がこれからの段どりをつけるのを聞いている。

私はその一部始終を車の中から見ている。
私の家にも電話はない。
私は運転席に座って
煙草を吸いながら、自分の段どりを
つける番を待っている。ほどなく
彼は電話を切る。外に出て、涙を拭く。
彼らは車に戻り、
ガラス窓を閉める。
女が男にもたれかかり、
男が相手の肩に腕をまわすと、
窓ガラスは白く曇る。
人目につく、せせこましい場所で行われる慰めの作用。
私は小銭を持って
ボックスに行き、中に入る。
でもドアは開けたままにしておく。中は

ひどく息苦しい。受話器にはまだぬくもりが残っている。さっき死の知らせを伝えたばかりの電話を、私は使いたくない。でも使わないわけにはいかない。このあたり何マイルも電話はこれ一台しかないのだし、電話がどっちの味方をするというわけでもないだろうし。


私はコインを入れて待つ。

車の中の二人も待っている。

男はエンジンをかけて、また止める。

どこに行く？　そんなことは我々の誰にもわからない。次にどこに打撃がやって来るのか、それが何故やって来るのか、それもわからない。彼女が受話器を取り、それで電話の向こうのベルが鳴りやむ。

私がふた言も言わないうちに、電話の向こうで怒鳴りはじめる。「終わりだって言ったでしょう！ おしまいだって！ あんたが地獄に落ちようが私の知ったことじゃないのよ！」

私は受話器を下ろし、顔を手でぬぐう。ドアを閉め、また開ける。セダンの中の二人は窓ガラスを下ろしてこっちを見る。こっちのごたごたに気を取られたせいか、彼らの涙は一瞬ぴたっと止まってしまっている。それから彼らは窓を閉めてガラスの向こう側に座っている。我々はしばらくのあいだどこにも行かない。それから我々はどこかに行く。

キャデラックと詩心

古い氷の上に、新しい雪が降った。さて、
町に用事ででかける途中、ぼんやりと
考え事をしていて、彼は早くブレーキを踏みすぎた。
大きな車の中で、彼はコントロールをうしなった。
冬の朝の、がらんとした静けさの中を、車は道路を
すうっと横向けにすべっていった。容赦もなく、
交差点へとつき進んだ。
彼の脳裏をそのときに駆け抜けていたもの？
頭蓋骨の中に電極を埋め込んだ、三匹ののら猫たちと、
一匹のアカゲザルを写した、テレビの
ニュース・フィルム。リトル・ビッグ・ホーン河が
ビッグ・ホーン河につながるところで、彼がバッファローの
写真を撮るために車をとめたときのこと。限定つき生涯保証書の

ついた、彼の新しいグラファイトの釣り竿。
医者が彼の腸の中に発見したポリープ。
なにかにつけて頭に浮かんでくる
ブコウスキーの詩の一節。
「俺たちはみんな、一九九五年型キャデラックで町を流したいんだ」
彼の頭の中は、不可解な活動の坩堝だった。
彼の乗った車が、ハイウェイの上をすべって、
ぐるりと回転し、もと来た方向に鼻先を
向けるあいだもずっと。
そっちにあるのは彼の家。町よりも安全な場所。
エンジンはとまっている。がらんとした静けさがふたたび
あたりを覆う。彼は毛糸の帽子を脱いで、
額の汗を拭く。しかし少し考えてから、
エンジンをかける。車の向きを変え、
やはり町へと向かう。
もちろん、前よりは注意深く。でも頭の中ではさっきと

同じ線上にあることをずっと考えている。古い氷と新しい雪。
猫たち。猿。魚釣り。野生のバッファロー。
まだ作られてもいないキャデラックについて想う
ことのまぎれもなき詩心。自らを思わず反省させられる、
医者の指先。

Cadillacs And Poetry

単純

雲の切れ目がある。山々の青い
稜線がある。
野原の暗い黄色。
黒い河。僕はここで何してるのか？
孤独で、悔恨の情に満ちて。

僕は無心に、鉢からラズベリーを
食べつづける。もし僕が死んでいたら、と
僕はふと思う——今頃こんなもの食べては
いないよな。そんなに単純なことではなくて、
それくらい単純なことなんだ。

Simple

ひっかき傷

目を覚ますと、目の上に
血がついていた。額のはんぶんくらいの
長さのひっかき傷。しかし
僕はこのところ、ひとりで寝ているのだ。
いったいどうして、自分にむかって手をあげたり
するだろう？　いくら眠っていたって。
こんなこと、あれこれについての答えを、
今朝僕は、なんとか引きだそうとつとめている。
窓に映った顔を、子細に眺めながら。

The Scratch

母親

母が、クリスマスおめでとうという電話をかけてくる。
そしてまた僕にこう言う。このまま雪が降りつづいたら、私は
自殺するつもりだよ。僕はこう言いたい。僕だって
今朝はあたまがおかしくなりそうなんだ。お願いだから
勘弁してくれよ。また精神科医を調達するハメに
なりかねない。ほんとにしょうもない質問ばっかりする
男。「でもあなたは、本当にはどう感じているんですか？」とか。
でもそうは言わず、僕は、母に言う。うちの天窓がひとつ雨漏りしている
んだよ。話をしているあいだも、融けた雪がカウチの上に
ぽとぽとと垂れているんだ。僕は言う。オールブランに変えたから、
もう心配ないよ。僕が癌になって、それで、
母さんへの仕送りがとだえることもないからさ。
母はそれを終わりまで聞いている。それから僕に通知する。私はこんな

ろくでもないところはなんとしても出て行く。こんなところも、お前の顔も、もう棺桶の中からしか、見たくはないね。

唐突に、僕は母に質問してみる。ねえ、父さんが泥酔して、ラブラドルの子犬の尻尾を短く詰めたときのことを覚えている?

しばらくのあいだ、僕はそういう昔話をつづける。母はそれを聞きながら、自分の話す番を待っている。

雪は降りつづいている。電話で話しているあいだも、どんどん降っている。樹木も屋根もすっかり雪で覆われている。こいつを僕は、どう話せばいいのか?

今感じていることを、いったいどういう具合に説明できるというのか?

（訳注）「オールブラン」はふすま入りのシリアル。健康指向食品のひとつである。

その子供

またその子を目にする。
もう六ヵ月も見かけなかった
のだけれど。この前会ったときより
顔が大きくなっているみたい。
がっしりとしてきた。粗暴といってもいいくらいに。
今では父親を髣髴とさせる。
陽気なところが見受けられない。目は
細くて、表情という
ものがない。この子どもに、
優しさや憐れみを期待しても、
金輪際それは無駄というもの。
しっかりと握られた彼の小さな手の中には、
何かあらっぽい、いや、酷薄といっても

いいようなものさえある。
僕は彼を行かせてやる。
ドアにむかうあいだ、彼の靴は
しゅっしゅっと擦りあわされる。
ドアが開くときにも。彼が叫び声を上げるときにも。

The Child

畑

みみずが入っていく、
みみずが出てくる。
お前の鼻の中でみみずが
ピノクル遊びしてる。
（子供の唄）

僕は近眼なので、それをよく見るために、まず最初にそばまで近づかなくてはならなかった。地面は鋤や農具ですでに切り裂かれていた。しかしにおいを嗅ぐことはできた。いやなにおいだ。それはぞっとするものだった。死と墓場を思わせる。一度走っていて、転んで、口の中が土だらけになったことがある。畑が切り開かれて、

土の下にうじゃうじゃしていた何やかやが、
白日のもとにさらされたすぐあとで、僕が畑とのあいだに距離を
おきたいと思ったのは、無理からぬことだろう。
庭いじりなんかにも、ぜんぜん興味がもてなかった。
盛りを過ぎて、もったりと咲きほこる、これら夏の花々。
地面のすぐ下に埋まって、顔の一部だけを
外に出しているじゃがいもたち。
そういった場所も、僕は避けた。今だって、
庭なんかなくてもいいと、実は思っている。でも少しは変わったかな。

最近では僕は、掘り返されたばかりの畑を歩いて、
かがんで、柔らかい土を手にとってみるのが、
何よりも愉しい。僕は、今話している畑の近くに
住んでいることを、幸運だと思う。
農夫たちの何人かとは友だちにまでなった。
かつては僕の目によそよそしく、陰険なものとして映った、

その同じ人々とだ。
そのうちにみみずたちが出てきたとして、それがなんだろう?
そして冬の雪が囲いより高く積もって、またそれが融けて、
地中ふかくに染み込んで、僕らのむくろを
水びたしにするからといって、それがなんだろう?
べつにいいさ。結局のところ、ここではいろんなことが達成されたのだ。
僕は賭けに出て、負けた。たしかに。そして更に賭けに出て、
今度は勝った。僕の視力はおとろえている。でももっと近くに寄って、
子細に眺めてみたなら、その地面の中に、僕はいろんな
生き物の姿を見いだす。みみずたちだけじゃなくて、かぶと虫、蟻、てんとう虫。
そんなものたち。見ていると心愉しい。その光景は僕を
　乱したりしない。
いつでも気が向いたら、なにをも恐れずに、
畑に足を踏み入れられるというのは、いいな。手を伸ばして、
土をすくい、そのにおいをかいでみる。
そして僕は足をぐっと踏みしめ、靴の下の地面の感触を

さぐってみる。僕はそこに静かに立っていることができる。
均衡のとれた偉大なる空の下で、身動きひとつせず。
靴を脱いでしまいたいというこの衝動を感じる。
でもただの衝動だ。もっと重要なのは、
こうして動かずにいること。それからまた、
なんて素晴らしいんだ！　このひらけた畑を歩くことは――
そして歩きつづけることは。

The Fields

「プロヴァンスのふたつの町」を読んだあとで

――M・F・K・フィッシャーに

ちょっと外に出かけるときに、
テーブルの上に君の本を置いていった。
なにか用事ができたのだ。翌朝の
五時四十五分には、
夜が明け始めた。人々はすでに
畑に出て働いていた。
落ち葉が、通路に沿って
吹き寄せられていた。
それで、僕は秋を思いだした。
僕は本の最初のページをひらき、
読み始めた。

昼までずうっと、僕は君といっしょに
いた。南フランスの、
エクスの町で。
ふと顔を上げると、
時刻は十二時だ。

みんなは言った。この人生で僕が、自分のための場所を
みつけることなんてないだろう、と！
この世でも、あるいは来世でも、僕が
幸福になることなんてないだろう、と。
まるっきりの見立て違いさ。
とんまなやつら。

After Reading Two Towns In Provence

夕暮れ

そのどんよりとした秋の夕暮れに、ひとりで釣りをしていた。
あたりはどんどん暗くなっていった。
とてつもなくがっかりさせられることがあった。それから、
銀鮭をボートまでひいてきて、その魚の下に網をつっこんだ
ときには、これは、とてつもなく嬉しかった。
この密かなる心！ 水の流れをのぞきこみ、また
町の背後につらなる、山々の暗い稜線を
見上げているときには、僕はまったく思いつきもしなかった。
死ぬ前にいちどでいいから、またここに戻りたいと、
かくも想い焦がれることになろうとは。
あらゆるものから、また僕自身から、遠くはなれて。

Evening

残り

僕の家のうしろの、山並みの上には、
雲がだらんとかかっている。やがて光は
消えて、風が立ち、
これらの雲なり、その他の雲なりを、
空のむこうに、吹きちらすことだろう。
　　　　僕は両膝をついて、
大きな鮭を、濡れた草の上にごろんと転がし、
もう僕のからだの一部みたいになったナイフを、
使いはじめる。ほどなく僕は、
居間のテーブルにむかって、
死者をよみがえらせようとしていることだろう。月と
暗い水が、僕の仲間。
僕の両手はうろこで銀色になっている。

指は、黒い血にまみれている。
最後に僕は、巨大な頭部を切り取る。
埋めるべきものを土に埋めてしまい、その残りを
もっていく。最後にもういちど、高みにある青い光を
見上げる。僕の家のほうに
目をやる。僕の夜のほうに。

スリッパ

その午後、僕ら四人であつまっていた。
キャロラインが、自分の見た夢の話をはじめた。ある夜に、
大声で吠えながら目を覚ましたときのこと。気がつくと、
子犬のテディーがベッドのわきで、彼女をじっと見ていた。
そのときに彼女の亭主だった男も、彼女が見たばかりのその
夢の話をするあいだ、じっと見ていた。
じっと耳を澄ませていた。微笑みさえ浮かべていた。でも
彼の目には何かとくべつなものがあった。表情とか、
目つきとかに。ほら、わかるでしょ……、
ジェーンっていう女が、そのとき彼には
もういたの。べつに私は、彼のことも、ジェーンのことも、
ほかの誰のことも、悪く言うつもりはないけれどね。みんなが
見た夢の話をはじめた。僕には話す夢もなかった。

僕はソファの上にあげられた、スリッパをはいた君の足を見ていた。僕に話せそうなのは（じっさいには話さなかったけど）、君のスリッパのことくらいだった。ある夜、脱ぎっぱなしになっていた君のスリッパを、僕はみつけて拾い上げた。まだ温もりが残っていた。それをベッドのわきに置いた。でも夜のあいだにベッドカバーが落ちて、隠されてしまった。翌朝、君はスリッパを求めて、家中さがしまわった。しばらくしてから階下にむかって、「スリッパあったわよ！」と叫んだ。

ささいな出来事だ、それも僕ら二人の。でも、心にのこる。行方不明のスリッパ。そして喜びの叫び。それが起きたのは、一年か、それ以上前のことだけど、まあいいじゃないか。昨日、おととい起きたとしても、おかしくはない。何も違わないさ。喜びと、叫び。

アジア

海の近くに住むのは、すてきだ。
船が、岸辺ぎりぎりのところを
通り過ぎていく。手を伸ばせば、
ここにはえている柳の枝を、折って
いけそうなくらい。馬たちは
いきおいよく、水辺を駆けていく。
船乗りたちは、その気にさえなれば、
投げ縄をつくって、馬を一頭
いけどりにして、船に乗せていくこともできそうだ。
東洋への長い航海のあいだの、
良き連れ合いになることだろう。

うちのバルコニーからは、馬や、柳や、二階建ての家々を見つめている船乗りたちの顔がよく見える。
僕にはわかる。バルコニーから手を振るひとりの男を、
その家の前に停めてある赤い車を、目にしながら、
彼らの考えていることが。
彼らは僕を見て、こう思うのだ。おれたちはなんて
ラッキーなのだろう。なんだかんだいって、今こうして、
アジアに向かう船の甲板にたっているおれたちは、なんという
不可思議な幸運にめぐまれたのだろう、と。
あちこちで半端な賃仕事をつづけ、
倉庫の人夫をやったり、沖仲仕をやったり、
あるいはドックで、仕事をもとめてごろごろしていた歳月は、
どこかにわすれられてしまう。そんなもの、実際に
おこったとしても、誰かべつの、そのへんの
若いやつの身におこったことさ。

甲板の男たちは、

僕に向かって手を振りかえす。
それから手すりを握って、じっとそこに
立っている。船はゆっくりと行き過ぎる。馬たちは、
樹木の蔭から、日なたにでてくる。
彼らはまるで彫刻の馬みたいに立っている。
通り過ぎる船を見ている。
波は船にくだけ、
浜辺にくだける。そして馬たちの
こころの中、それはいつも
いつも、そこはアジアなのだ。

Asia

贈り物

テスに

昨夜おそく、雪が降りだした。湿った雪ひらが
窓の外を落ち、天窓にも
積もった。僕らはしばらく見ていた。それは
幸福な驚きだ。ここにいて、ほかのどこにもいないことを、喜ぼう。
僕は薪ストーブに薪をいれた。煙道を調整した。
僕らはベッドに行った。僕はすぐに目を閉じてしまった。
でもどうしてかはわからないけど、眠りにつく前に、
ブエノスアイレスの空港の情景を思い出した。
出発する夕方のことだ。
そこはなんともいえず、静かで、がらんとして見えた。
僕らの乗った飛行機のエンジンの響きをべつにすれば、

死んだみたいに物音ひとつしなかった。飛行機は、ゲートを出て、小雪の中を、ゆっくりと滑走路にむかった。ターミナル・ビルディングの窓は真っ暗だった。誰のすがたも見えない。地上作業員のすがたさえ。「飛行場がそっくり喪に服しているみたいじゃない」と君は言った。

僕は目を開けた。君の呼吸を聞けば、熟睡していることがわかる。君のからだに腕をまわし、僕の想いはアルゼンチンをはなれ、いぜんパロアルトに住んでいたときの家に移る。パロアルトには雪は降らない。でも僕には部屋があって、その窓はふたつ、ベイショア・フリーウェイを見おろしていた。

ベッドのとなりに冷蔵庫があった。ま夜中に喉が渇いたとき、僕はただ腕をのばして扉を開け、渇きを潤せばよかった。冷蔵庫の明かりが、冷たい水のありかを示してくれた。バスルームの流しのわきに、電熱器があった。

僕が髭を剃るとき、コーヒーの粉がはいった瓶の横の、電熱コイルの上で、やかんのお湯がちりちりと音を立てていた。

ある朝、僕はベッドにすわって、ちゃんと服を着て、髭もきれいに剃って、コーヒーを飲みながら、やろうと決めたことを後回しにしていた。でもとうとう、サンタクルーズのジム・ヒューストンの家の電話番号をまわした。そして七十五ドルを無心した。そんな金ないよと彼は言った。彼の奥さんは、メキシコに一週間行っている。ほんとうに持ちあわせがない。今月はもうあっぷあっぷで暮らしてる。「べつにいいんだ。わかってる」と僕は言った。ほんとによくわかる。そのあと少し話をしてから、電話を切った。いずこも同じ、か。

僕がコーヒーをほぼ飲み終えるころ、飛行機が滑走路を、夕日にむけて飛び立った。

コーヒーを飲み終えていた
僕は座席の中でうしろを振り返って、
ブエノスアイレスの街の明かりに、最後の一瞥をくれた。それから目を閉じ、
長い帰りの旅の中に戻っていった。

朝、あたり一面、雪に覆われている。僕らはそれについて語る。
よく眠れなかったわと君は言う。僕は言う、
僕も同じだ。ひどい夜だったわ。「僕もさ」
僕らはお互いに対して、とびっきり穏やかで、優しく接する。
まるで相手の参った精神状態を、そっくり感知しているみたいに。
お互いの感じていることがわかっているみたいに。でも
もちろんそうじゃない。そんなことありえない。でもいいんだ。
大事なのは、思いやりなんだ。この朝、僕を動かし、
とらえているのは、その贈り物《ギフト》なんだ。
毎日の朝とおなじく。

解　題

村上春樹

「カーヴァーの詩は、延長していくとそのまま短篇小説になるし、また彼の短篇小説は蒸留していくとそのまま詩になる」と表現した評論家がいる。もちろんすべてがそんなに単純明快に割り切れるものではないだろうが、その言わんとするところは気持ちとしてよくわかるし、それはカーヴァーの詩について（そしてまた短篇小説について）かなり多くのことを語っているように思える。

前にもどこかに書いたエピソードをまたここで繰り返すことになるが、僕自身も昔レイモンド・カーヴァーに会って話をしたときに、「あなたの詩はときとして小説のように見えるし、あなたの小説はときとして詩のように見えますね」と言ったことがある。それを聞いてカーヴァーはとても嬉しそうだった。わざわざ別の部屋にいたテスを呼びに行って、「この人はこんなことを言うんだよ」と伝えたくらいだった。だからたぶん自分でもそのような詩と小説の呼応性については、ある程度明確に意識をしていたのだろうと思う。

僕は詩人に関しても詩に関してもそれほど詳しい人間ではないので、詩と小説の両方の分野でカーヴァーと同じような並行的な書き方をする詩人／小説家がほかにいるのかどうか正確な知識を持たない。しかしこれほど密接に呼応する内容の作品を、詩と小説というふたつのジャンルにわたって書き分けた人は――そしてその両方が第一級の芸術作品として高い評価を受けている人は――それほど多くはないだろうという気がする。とくに現代においては。

カーヴァー自身は、自分は本質的にはまず「詩人である」と認識していたようだった。彼の文学的キャリアはまず詩人として始まった。もちろん最初の段階から彼は短篇小説を書いていたし、実をいえば活字になった彼の最初の作品は短篇小説『怒りの季節』であったが、それでも青年時代の彼を魅了し、文筆家の道へと誘ったのはあくまで詩という形式のもつ根源的な力《ドライブ》であったようだ。そしてそのドライブこそが彼の短篇小説のバックボーンとなり、またその小説化されたドライブが逆に遡行して、彼の詩により広くパースペクティブと深い奥行きを与えていったのではないかと思う。

彼の散文詩「『ポエトリー』についてのちょっとした散文」（『滝への新しい小径』に収録）を読むと、詩が少年期のカーヴァーをどれほど強く魅了したかということがよくわかる。まだ十代で結婚して、生活のためにワシントン州ヤキマで薬局の配達の仕事をしていたカーヴァーは、ある日配達先の老人の家で詩の雑誌をみつけて、魅入られたように熱心に読んでいた。すると老人がそれを見て「そんなに詩に興味があるのなら、持って行きなさい」と言ってくれたのだ。それは彼が生まれて初めて目にした詩の雑誌だった。そんなものが世間に存在するということすら彼はそれまで知らなかった。自分の書いた詩をそこに送ることができるなんて、そしてそれがうまくいけば活字になるかもしれないなんて、田舎町に育った少年にとってはまさに驚き以外のなにものでもなかった。「そのようにして教育が始まったのだ」と彼は書いている。それは教育であり、そしてロマンスであった。

出版の経歴を見ても、彼の最初の出版された本は詩集『クラマス川近くで』（一九六八年）であり、それにやはり詩集『冬の不眠症』（一九七〇年）、『夜になると鮭は』（一九七六年）が続く。どれも小さな出版社だったから全国的な関心を引くことはなかったけれど、そのあいだずっと彼は小説家としてよりは、むしろ詩人として（あるいはときどき短篇小説も書く詩人として）中部西海岸の文芸世界では認知されていたようだ。彼が小説家として全国的に名前を知られるようになったのは（今風にいえば大ブレークしたのは）、その三冊の詩集のあとに発表された短篇集『頼むから静かにしてくれ』（一九七六年）によってであった。

それから七年か八年にわたって、カーヴァーの「短篇小説作家」時代が続く。詩作は前に比べてぐっと少なくなり、そのかわりにすぐれた内容の短篇小説が続けざまに量産され、それは彼に想像もしなかったような全国的名声をもたらすことになった。しかし良いことばかりではなかった。『頼むから静かにしてくれ』の成功とほとんど時を同じくして、悲惨な家庭の崩壊があり、アルコール中毒による長い入院生活がやってきた。死んでもおかしくはないほどの重い症状だった。七七年に彼は決心してきっぱりと酒を断ち、袋小路に入り込んだ生活をもう一度立て直そうとつとめるが、それは簡単なことではなかった。夫婦仲はこじれにこじれて、どうあがいても好転の兆しは見えなかった。それまで一緒に仕事をしてきた編集者のゴードン・リッシュとのあいだにも不協和音が生じるようになった。子どもたちは、自分たちを捨てて家を出ていった身勝手な父親を憎んだ。

そのようにして、八〇年代に入るまでの彼の私生活は、ドラマチックなまでに混乱をきわめたものでありつづけた。このあたりの細かい事情は彼の短篇小説を読めばだいたいぜんぶわかる仕掛けになっているが、出てくるわ出てくるわ、まるでトラブルのショーケースというところだ。

おそらくはそのような心休まる暇もないごたごたのせいで、そしてまた短篇小説を書いて生活費を稼がなくてはならないという現実的事情もあったのかもしれないが（ご存じのように詩作はほとんどお金にならない）、作品歴を見ると、一九七〇年代にはカーヴァーはほとんど詩を書いていない。彼がふたたび腰を据えて詩作に戻っていくのは、最初の奥さん（メアリアン）と正式に別居し、テス・ギャラガーと生活をともにするようになり、個人的なトラブルがなんとか解消の方向へと向かいだしたあと（結局最後まですっきりとは解決しなかったようだが）のことである。僕がカーヴァーに一九八三年の夏にワシントン州ポート・エンジェルズの家で会ったとき、彼はちょうどそのような新しい生活の基礎を固めたばかりのところだった。新生レイモンド・カーヴァーがようやく軌道に乗り始めたところだった。そのとき彼はもう酒をすっかりやめていた。

「酒はもう飲まないし、飲みたいという気も起きない。それはもう終わったんだ」と彼ははっきりと語っていた。しかし煙草をやめるのだけはむずかしかったようで、ときどき部屋の外に出てぷかぷかと煙草を吸っていた。テスは喫煙を嫌っていたが、「酒も辞めたんだし、せめて煙草くらいは吸いたいものだよね」という顔つきだった。でもその喫煙が、結局は彼の命取りになった。肺癌だ。

「僕はこれから詩をまとめて書こうと思うんだ。ここのところ、ずいぶん長く短篇小説を書いてきたからね」とそのときに彼は語っていた。彼の口調はとても明るく、希望に満ちて、幸福そうだった。僕が次の翻訳書では短篇小説だけではなくて、『ファイアズ』に収められた詩のいくつかを訳そうと思っているのだと言うと、「グッド、グッド、グッド……」と言って、いかにも嬉しそうににこにこと笑った。「この人はきっと本当に詩を書くことが好きなんだな」と僕はそのときに思った。『ウルトラマリン』に収められた詩「いきさつ」を読むと、僕はこのときの彼の表情をふと思い出してしまうことになる。詩を読まない生活、詩を書かない生活、そんなものが人生と呼べるか……という部分である。「詩を書くことができる」というのが、おそらくはレイモンド・カーヴァーにとっての幸福な生活のひとつの指標ではなかったかと僕は思う。短篇というのは彼にとってのひとつの大事な達成ではあるけれど、詩を書くことは彼にとっては達成というよりは、むしろ心からあふれてくる自然な行為であり、かつ必要な行為ではなかったか。そういう気がする。

僕は少なくとも今のところ詩というものを書いたことはないが、カーヴァーがそのように詩と短篇を並行して書いてきた必然性のようなものは、僕なりに推察することはできる。というのは、僕もやはり、作家として活動を始めた最初の段階から、長篇小説と短篇小説を並行して——というか時期的に代わりばんこにスイッチして——書いてきた人間だからだ。自分のことをそのように引き合いに出していささか恐縮なのだが、同じ実作者として、そのへんの感覚はそれなりに理解できるということだ。

僕自身は自分のことを本来的には長篇小説の作家だと考えているけれど、「私はあなたの長篇小説よりは短篇が好きです」という人がいても（少なからずいる）、とくにそれを不思議だとは思わない。というのは僕は一貫して短篇小説ではうまく書けないものごとを長篇小説というかたちで書いてきたし、長篇小説ではうまく書けないものごとを短篇というかたちで書いてきたからだ。それらは多くの場合、交換不可能な行為である。だから出来上がった作品をくらべて、どちらが上でどちらが下というものではない。僕の意識の中ではそれらふたつの作品はあくまで並行してあり、等価なものとしてある。ただ自分のもともとの出所をたずねられれば「それは長篇小説です」と答えるしかないし、誰がなんといおうと、僕自身が作家としてひとりの人間として大きく変化し成長していくのは、長篇小説の執筆を通してである。それをくぐり抜けることによって、僕は前進してきた。だから「どうしてもどちらかひとつを選べ」と言われれば、やはり長篇小説を書くことのほうを選ぶだろうと思う。

カーヴァーが「詩と小説のどちらかひとつをどうしても選べ」という選択肢をつき

つけられたら、どちらを選んだか、僕はもちろん知らない。いずれにせよそれは、本人にとってはずいぶんむずかしい選択であったにちがいない。ふたつのうちのどちらかを選ぶことなんてできなかったかもしれない。もともとが根拠のない架空の質問だし、ある意味では無意味な質問だ。しかし僕の勘では（あくまで勘に過ぎないわけだが）、おそらく彼は最終的には詩のほうを選んだのではないかと思う。そして彼は詩という、その制限のない自由な形式を利用して、ふたつの方向を同時的に追求していったかもしれない。そのひとつは徹底的に研ぎ澄まされた短く結晶的な心象世界であり、もうひとつは物語性をより深く煮詰めた痛いほどの「詩小説」であったのではないだろうか？

もちろんこれはあくまで無責任な推測でしかないわけだが、彼が自分の体内に癌が存在することを告知されてから、詩作にそそいだすさまじいまでの集中力と愛情を見ていると、僕はどうしてもそのように感じないわけにはいかないのだ。もちろんカーヴァーは自分が病との戦いに勝利し、生き残ることを信じて、必死の努力を続けていた。それはたしかだ。テスも後日会ったとき、カーヴァーがどれほど明日を信じて生きていたかということを語ってくれた。しかしそれと同時に、彼は自分が「いずれにせよ何かを言い残していくべき時期にさしかかっている」ことを、心のどこかで感じていたはずだ。そして自分の中にある〈切実な何か〉を世界に向かって言い残そうとするときには、彼としてはやはり詩という、よりパーソナルな、より自由な形式を選びとらざるをえなかったのではないかと僕は想像するのだ。

これは短篇小説集ではないので、「解題」とはいっても、ひとつひとつの作品に解説をくわえることはできないし、またその必要もないだろう。しかし彼の詩の作品群をいくつかのジャンルにわけて語ることは可能である。

ひとつはまず、過去の出来事を記憶をたどるようなかたちで物語った詩である。少年時代のこと、最初の夫婦生活のこと、かつて出かけた猟のこと、釣りのこと、楽しかったこと、辛かったこと……、これらの作品はどちらかというと小説的な手法で書かれたものが多い。カーヴァーの短篇小説には数多くのいろいろなエピソード（本筋に密接な関係があるもの、とくにないもの）がちりばめられているが、そのようなエピソードに成り立ちはよく似ている。文章は一般的に平易で、意味は理解しやすい。

主なものをあげれば、

「ウールワース、一九五四」「サクラメントの僕らの最初の家」「来年」「呪われたもの」「医療」「ウエナス尾根」「溺死した男の釣り竿」「父さんの財布」「血」「へら鹿キャンプ」「橋げた」

（以上『水と水とが出会うところ』より）

「バルサ材」「投げる」「検死解剖室」「彼らが住んでいた場所」「サンフランシスコのユニオン・ストリート、一九七五年の夏」「ジーンのテレビ」「望み」「リミット」「出口」「東方より、光」「ナイキル」「可能なもの」「小さな部屋」「サン（坊主）」「草原」「電話ボックス」

（以上『ウルトラマリン』より）

といったところが、だいたいこのジャンルに属する。

読めばおわかりになると思うが、これらの作品にほぼ共通しているのは、ある種の「罪の意識」である。その罪は一人の人間の無垢なる歳月に種子をまかれ、思春期の温かい闇の中にひっそりとはぐくまれ、肉体の成長に歩調をあわせるように〈欲望〉と〈弱さ〉を糧として大きくなり、やがてはその精神の芯までもを蝕み、愛するものを、そして言うまでもなく自分自身をも、回復不可能なまでに傷つけてしまうことになる。

　そのような痛々しい堕落・崩壊の要因がどこにあるのか（それは個別的なものなのか、あるいは種としての人間の一般的な傾向なのか。もし個別的なものだとしたら、それは遺伝や環境による刷り込みからきたものなのか、あるいは純粋に個人の精神の選択がもたらすものなのか）は不明である。本人にもわからないし、我々にもわからない。しかしいずれにせよ、そのような原罪にも似た罪悪感は、抜きがたく強く深く彼の中にある。うしろを振り返ってみれば、良きものはすべて崩れ去り、かたちをねじ曲げられ、その記憶だけがあとに残っている。そして「喪失する」「喪失し続ける」ということが、彼の人生のひとつの動かしがたい基調になってしまっている。

　そこには純粋に幸福な記憶というものは存在しない。たとえそこに純粋に幸福な記憶が提示されていたとしても、カーヴァーの心的世界にあっては、それはあくまでひとつの崩落の予兆に過ぎないのだ。それはやがてどこかで失われるために、そして追憶され惜しまれるために、ほとんどそれだけのために、そこに存在しているようなものなのだ。

　もちろんそのようなテーマは短篇小説の分野においても執拗に検証され、追求されてきたわけだが、このように詩という、より短く、また研ぎ澄まされたかたちをとることによって、その方向性と心的な濃度は、我々の前により明確になってくる。カーヴァーはまるで告白するように、小声でうちあけるように、我々の前に過去の風景を描き出す。物語性の枠組み（約束、と言ってもいい）が排除され、後退させられることによって、そこに置かれているひとつひとつの言語の比重が増し、作者の心のありようはある場合にはこちらが冷や冷やするくらい危ういところまでさらけ出される。

しかしそこには深い悔悟はあっても、自己憐憫というものは不思議なくらい見あたらない。あるいはまたそれが過度にセンチメンタルに流れることもない。そこには自らを罪ありとしながらも、それでも精いっぱい生きて行かなくてはならないという、死線を越えた強靭な哲学のようなものがあるからだろう。そしてそれを助けるように、貴重な温かいユーモアがあり、深い愛情がある。

ここに描かれた過去のエピソードのどこまでが実際に起こったことなのか、僕にはもちろんわからない。本当に起こったこともあるだろうし、「起こったかもしれない」ことも、「起こってもおかしくなかった」こともあるだろう。でもそれはどちらでもいいんじゃないかと僕は思う。作家というものは多かれ少なかれ、「事実」と「真実」をシャッフルするものだからだ。言い換えれば本当のリアリティーというのは、事実であるかどうかを超えたところに存在するものなのだ。だからそれがレイモンド・カーヴァーという作家の心的な真実を伝えているなら、それが事実であれいささかの作り事を交えたものであれ、そんなことはどちらでもいいということになるだろう。

いずれにせよ、これらの「メモワール」詩のグループは、レイモンド・カーヴァーのその他のグループに属する詩の世界を理解する上で、非常に大きな役割を果たしている。そのような深い悲しみをたたえた「罪の意識」と「喪失感」は彼の心的世界の中心にあるものだからだ。


次に「日常生活のスケッチ」と呼ぶべき詩のグループがある。彼が折に触れて感じたこと、目にしたことを、いわば日記のように詩として書き付けたものだ。そこには目の前の窓の外の風景があり、なんでもない普段の生活があり、友人へのメッセージがあり、ちょっとした心情吐露がある。そこにはまたテスとの生活を歌った手放しの「ラブ・ポエム」も数多く含まれている。もちろん過去の影は、一種のアンダートーンとしてちらほらと姿を見せるが（無心をし続ける家族たちの姿もそこに含まれる）、全体としては、ここではカーヴァーは明るいサイドに目を向けている。暗いライトモチーフは既に、新しいテーマにその領域を譲っている。

しかしこれらの作品は前述の〈過去〉を扱った詩に見られる「罪の意識」と「喪失

感」の対極にあるものとしてよりは、それとバランスをとるものとして(あるいはそのひとつの変形として)捉えるべきものではないかと思う。それを「救済」という名前で呼ぶことももちろん可能である。しかし過去に「喪失」があり、そのあとで今ここに「救済」があるんだ——という風に簡単に「あっちとこっち」にくくってしまうことは、カーヴァーの作品を読んでいく上で、ある意味では危険なことであると思う。もちろんそういう意味あいはあるだろう。僕としてもそれを否定するものではない。しかしそれだけではない。

今ここにどれほどの救済があるにせよ、失われてしまったもの、損なわれてしまったものは、二度ともとのかたちには戻らないし、受けた傷、与えた傷は決してもとどおりにふさがることはない。すべてを癒し、回復してくれる機械《デウス・エクス・マキナ》に乗った神様が最後に舞台に降りてくるというようなことはない。カーヴァー自身そのことは痛いほど認識していたはずだ。

だから僕は、テスとのあいだに始まった彼の新しい生活を、「救済」というよりは、むしろもう一度めぐってきたアドレセンスとしてとらえるべきではないか、という風に考えている。年齢をかさねているから、最初のアドレセンスよりははるかに成熟した目で自分や世界を見とおすことができる。しかしその感情、感動の質は、最初のときとほとんど同じくらい鋭く深く、新鮮で純粋である——そのようないわば青春の「第二幕」ではなかったのかと。これはきわめて幸運な体験であり、言うまでもないことだが、誰にでも起こることではない。カーヴァー自身も、それについては心から感謝しているようだ。そのような心持ちは、とくに詩という形式の中で、とても温かく、リアルに息づいているように僕には感じられる。

そのようなわけで、テスへの「ラブ・ポエム」はあるときにはこちらが照れてしまうくらいにあけっぴろげで、素直で、純朴である。でも考えてみれば、詩というのはそもそもはそういうものではないのか？　今にも叫びだしたい心を、そのまま言葉の中に収め、託すること——それができなければ、詩を作ることの意味がどこにあるのか？　僕にはカーヴァーがそう語りかけているような気がしてならないのだ。

しかしそこには同時に、打ち消しがたい死の予感がある。幸福の高みにあって、死はその取りぶんを冷厳に要求する。死は午後の深い影のように、少しずつ少しずつ、彼の中に領域を広げていく。もうひとつの新しい、そして暗いライトモチーフだ。読者はその暗い軌跡を、ここに収められた詩の中に読みとることができるだろう。

この「日常と省察」ジャンルに属する主なものを例としてあげると、

「電波のこと」「ムーヴメント」「道」「今でもやはりナンバーワンを求めているんだ」「ハッピネス」「鍵がかかってしまって、うちの中に入れない」「補助金」「散歩」「鍛冶屋、そして大鎌」「耳を澄ませる」「僕のからす」「雨降りのあとで」「インタビュー」「明日」「哀しみ」「記憶」「遠く離れて」「散髪」「昨日、雪が」「ソングバードに文句を言うのではないけど」「一九八四年四月八日の午後遅くに」「僕の仕事」

（以上『水と水とが出会うところ』より）

「今朝」「ある午後のこと」「循環」「蜘蛛の巣」「郵便」「ハサミムシ」「食料品はどこに行ったのか」「優しい光」「現象」「風」「一日でいちばん素晴らしい時間」「ろくでもなく僕ひとりで」「きのう」「だらだら」「待つこと」「議論」「水路」「九月」「窓」「キャデラックと詩心」「単純」「ひっかき傷」「畑」「スリッパ」「アジア」「贈り物」

（以上『ウルトラマリン』より）

この中には「電波のこと」や「鍵がかかってしまって、うちの中に入れない」や

「少なくとも」「アジア」を始めとする、いわゆる〈スカイハウスもの〉が数多く含まれている。スカイハウスはカーヴァーが暮らしていたポート・エンジェルズの家の呼称で、海岸近くの丘の上に建っていて、名前通りにたいへん見晴らしが良い。目の前にはファン・デ・フカ海峡が広がっている。詩に書かれているように、そこを多くの貨物船が行き来している。近くには馬を放牧する牧場があり、スティールヘッドが上ってくる川がある。

カーヴァーは一九八〇年代の初めからこの家に住むようになり、海に面した明るい書斎でひとり静かに詩や小説を書き続け、そしてここで死んだ。僕が一九八三年にカーヴァーに会いに行ったのもこの家だった。その当時テス・ギャラガーは近くの別の家に住んでいて、半分半分の同居生活をしていたようだ。今はテスが管理をしていて、僕もカーヴァーのお墓参りをしたときに、ここに何日か泊めてもらったことがある。

自然に囲まれたとても美しい場所で、カーヴァーはこの土地とこの家を深く愛していた。後期のカーヴァー作品を語るとき、このポート・エンジェルズという土地の空気と、スカイハウスからの雄大な風景を抜きにすることはできないだろう。それはカーヴァーにとっての「第二幕」の美しさと、その平和を象徴するものだったのだ。しかし先にも述べたように、そのような幸福の中にも過去の喪失や悲しみの残響はある。

彼はその喜びと悲しみを、自らの中にしっかりと等価に置きつつ、なおかつその拮抗を乗り越えて喜びの世界に向かおうとする。「現象」の中で太陽と月とが偶然ぴったりと隣り合って浮かんでいるところを目にして、彼は激しい感動を覚える。しかしそれも長くは続かない。

「僕は窓ガラスのそばに寄って、見てとるのだ。この想いと、あの想いとのあいだで、それが起こったのだということを。月は消えてしまった。沈んだのだ、ついに。」

I move closer to the glass and see it's happened
between this thought and that. The moon
is gone. Set, at last.

第三のカテゴリーに「旅行もの」「釣り・狩猟もの」がある。これらはけっこう数が多いので、ひとつにまとめて分類してもいいだろう。彼はまるで人々が日記をつけるように、詩を書いていたようだ。とくに外国旅行のときには、訪れた土地の印象を、自分の心の動きとあわせて描くことが多かった。「感じやすい娘」（スイス）や「学校の机」（アイルランド）のように外国の風景と、自らの過去を結びあわせた例もいくつかある。ヘミングウェイの小説に『何を見ても何かを思いだす』というタイトルのものがあるが、異国のいろんな情景や出来事が、彼に様々なことを思わせたのだろう。まったく違う性質のものが、何かの拍子にふっと直感的に結びついてしまう。そしてそこに自然な場の力のようなものが生じる――というのは、カーヴァーがしばしば用いる手法である。詩においても小説においても。またこのような旅行詩の中に、エキゾティシズムに対するカーヴァーの尽きることのないあこがれのようなものを読みとることも可能である。

「バイア、ブラジル」と「帽子」はどちらも南米旅行の際に目にした光景をもとに書かれたものらしいが、ともに枷《かせ》をつけられた痛ましい生活についての、作者の苦い思いのようなものがじわりとにじみ出ている。しかしそれが「じわりとにじみ出る」というあたりで止まるところが、詩の面白さである。小説だと、もっと突っ込んだ心情説明が加えられるところだろう。ところが詩にはそれがない。ただ提示されるのみである。僕らはそれをそのまま身体に感じる以外にない。それだけに翻訳もたいへんむずかしい。

第四のカテゴリーは現実を離れた（あるいは現実から離れようとする力を内包した）象徴的な詩のグループである。そこにはいわゆる「本歌取り」とでもいうべきものがいくつか含まれている。カーヴァーは昔から、敬愛する詩や小説や、あるいは心ひかれる歴史上の出来事を自分なりに咀嚼して、それを詩のかたちにすることを好む傾向があった。それは一種のオマージュのようなものである。場合によって僕には原典がいささかわかりにくいものもある。いずれにせよ純粋な形式（枠組み）から入っていて、そこに自分ならではのものをすっと作り上げてしまう腕は、やはりたいしたものだ。

「筋」はもちろんW・B・イェーツの有名な詩『イニスフリーの湖島』を本歌にしたものだ。そこにあった（であろう）風景を、カーヴァーは実に生き生きと、今そこにある人の営みとして描き出す。湖で魚釣りをするW・B・イェーツと、歯のあいだにはさまった豚肉の筋をほじくる若い娘の取り合わせの妙は、まさにカーヴァーならではの世界である。

いっぽう「カフカの時計」はカフカの手紙をほとんどそのままのかたちで詩にしたものである。手紙の一節がカーヴァーのアレンジを受けることによって、見事な一篇の詩になってしまう。

「天国の門のジャグラー」はマイケル・チミノの映画『天国の門』の酒場のシーンに出てくるジャグラーの姿を描いている。もちろんこのジャグラーはただの背景役で、台詞も何もない。しかしカーヴァーの目は、映画の本筋を離れてこの名もなきジャグラーの姿に惹きつけられてしまう。そしてこのジャグラーについて、詩をひとつ書いてしまう。このあたりもやはりカーヴァーの真骨頂と言うべきだろう。

ちなみにカーヴァーはマイケル・チミノ監督と個人的な親交があり、一時は一緒に映画を作る計画を立てていたようだが、結局うまくいかなかった。テスによれば、「チミノはマッチョで狩猟が大好きっていうタイプだったから、レイとはやはりしっくりといかなかったのよ」ということである。そういえば後年のカーヴァーは血を見る狩猟を嫌って、釣り一筋だった。

「灰皿」は彼が終生敬愛したアントン・チェーホフの文章をもとにしている。おそらくはここに引用されたチェーホフの文章（灰皿と男と女で、ひとつの小説が書ける、というもの）にインスパイアされてできあがった心象風景なのだろう。シャーウッド・アンダーソンの手紙の一節を引用した「ハーリーの白鳥」も、成り立ちはこれに似ているかもしれない。

「ボナールの裸婦」、ルノワールのメモをもとにした「絵を描くのに必要なもの」、リストと娘のコジマについて書いた「音楽」、シェリーについて書いた「スコール」、また「コーカサス、あるロマンス」などもこのカテゴリーに属する。

「鶴」「戦いの前夜」「賞」「コーンウォールの幸福」「この家の後ろの家」については、残念ながら原典が（もしあるとしてだが）不明である。

またこのジャンルにはかなりシュール・レアリスティックな、ある場合にはナンセンスに近い、そういう意味ではいささか「難解な」詩も含まれている。「魔法」では筆者は、悪い天気を小荷物にくくって、どこかの知り合いの河に送りつけようとする。僕はこういう詩はけっこう好きなのだけれど。

もちろんこれらのカテゴリーにうまく収まりきらない詩も少なからずある。たとえば「鷲」は作家のジム・ヒューストンによれば、みんなでいろんな面白い話を持ち寄って交換しているときに、一羽の鷲が魚を空からとり落とした話が出て、カーヴァーがそれを聞いて「俺がその話をもらうよ」と言って、自分の詩にしてしまったということだ。ひとの話を聞いているときに、たぶんその光景が目の前にさっと鮮やかに浮かんできて、その段階でそれはそのままありありとした「自分の物語」になってしまったのだろう。

同じように「移動」や「ホテル・デル・マヨのロビーで」や「いきさつ」「かかと」「発破係」「夜遅く、霧と馬とともに」といったストーリー性の濃い作品も、あるいはひとつの独立したグループにまとめてしまっていいかもしれない。

いつものように、多忙な中をこの本のために時間を割いてくださった柴田元幸氏に深く感謝する。いつものように、僕ひとりでは手に負えないところがたくさんあった。柴田さんくらい頼りがいのある人はなかなかいない。中央公論社の横田朋音さんにもこの全集の開始時からいろいろとお世話になっている。

本書は『水と水とが出会うところ／ウルトラマリン』（レイモンド・カーヴァー全集 第五巻、一九九七年九月 中央公論社刊）所収の二つの詩集のうち『ウルトラマリン』と、全集巻末の訳者による「解題」を収録したものです。

（編集部）

装幀・カバー写真　和田　誠

ULTRAMARINE by Raymond Carver
Copyright © Tess Gallagher, 2008
All rights reserved.
Japanese edition published by arrangement with Tess Gallagher c/o The Wylie Agency (UK), Ltd. through The Sakai Agency, Inc.
Japanese edition Copyright © 2007 by Chuokoron-Shinsha, Inc., Tokyo

村上春樹《むらかみはるき》 翻訳《ほんやく》ライブラリー

ウルトラマリン

2007年9月10日　初版発行
2017年3月25日　3版発行

訳　者　村上《むらかみ》　春樹《はるき》
著　者　レイモンド・カーヴァー
発行者　大橋　善光
発行所　中央公論新社
〒100-8152 東京都千代田区大手町1-7-1
電話　販売部　03(5299)1730
　　　編集部　03(5299)1920
URL http://www.chuko.co.jp/

印　刷　三晃印刷　　製　本　小泉製本

©2007 Haruki MURAKAMI
Published by CHUOKORON-SHINSHA, INC.
Printed in Japan　ISBN978-4-12-403505-6 C0097
定価はカバーに表示してあります。
落丁本・乱丁本はお手数ですが小社販売部宛お送り下さい。
送料小社負担にてお取り替えいたします。

◎本書の無断複製(コピー)は著作権法上での例外を除き禁じられています。また、代行業者等に依頼してスキャンやデジタル化を行うことは、たとえ個人や家庭内の利用を目的とする場合でも著作権法違反です。

村上春樹 翻訳ライブラリー　好評既刊

レイモンド・カーヴァー著
頼むから静かにしてくれ I・II〔短篇集〕
愛について語るときに我々の語ること〔短篇集〕
大聖堂〔短篇集〕
ファイアズ〔短篇・詩・エッセイ〕
水と水とが出会うところ〔詩集〕
ウルトラマリン〔詩集〕
象〔短篇集〕
滝への新しい小径〔詩集〕
英雄を謳うまい〔短篇・詩・エッセイ〕
必要になったら電話をかけて〔未発表短篇集〕
ビギナーズ〔完全オリジナルテキスト版短篇集〕

スコット・フィッツジェラルド著
マイ・ロスト・シティー〔短篇集〕
グレート・ギャツビー〔長篇〕＊新装版発売中
ザ・スコット・フィッツジェラルド・ブック〔短篇とエッセイ〕
バビロンに帰る ザ・スコット・フィッツジェラルド・ブック2〔短篇とエッセイ〕
冬の夢〔短篇集〕

ジョン・アーヴィング著 熊を放つ 上下〔長篇〕

マーク・ストランド著 犬の人生〔短篇集〕

C・D・B・ブライアン著 偉大なるデスリフ〔長篇〕

ポール・セロー著 ワールズ・エンド(世界の果て)〔短篇集〕

サム・ハルパート編
私たちがレイモンド・カーヴァーについて語ること〔インタビュー集〕

村上春樹編訳
月曜日は最悪だとみんなは言うけれど〔短篇とエッセイ〕
バースデイ・ストーリーズ〔アンソロジー〕
私たちの隣人、レイモンド・カーヴァー〔エッセイ集〕
村上ソングズ〔訳詞とエッセイ〕